EL MUNDO ES ANSÍ

LITERATURA

ESPASA CALPE

PÍO BAROJA

EL MUNDO ES ANSÍ

Edición
José Antonio Pérez Bowie

COLECCIÓN AUSTRAL
ESPASA CALPE

Primera edición: 10-II-1943
Novena edición: 31-IV-1990

—

—

Maqueta de cubierta: Enric Satué

—

Depósito legal: M. 19.334—1990

ISBN 84—239—1942—0

Impreso en España
Printed in Spain

Talleres gráficos de la Editorial Espasa-Calpe, S. A.
Carretera de Irún, km. 12,200. 28049 Madrid

ÍNDICE

INTRODUCCIÓN

Biografía de Pío Baroja

La trayectoria biográfica de Pío Baroja abarca 84 años de existencia nada azarosa, rayana en la mediocridad (él mismo llega a confesar próximo a la muerte que su vida le había producido «una impresión más bien gris»), pero consagrada a la creación literaria con una laboriosidad que le convierte en el escritor de más extensa producción entre los españoles de este siglo.

Paradójicamente, esa existencia mediocre y exenta por completo de acontecimientos relevantes ha suscitado un continuo interés por parte de los estudiosos, lo que nos permite contar hoy con un conjunto de biografías a través de las cuales se pueden documentar pormenorizadamente los pasos de su andadura vital y reconstruir con exactitud su complejo perfil psicológico. Los libros de Pérez Ferrero y de Sebastián Juan Arbó, con un enfoque tradicional, y los de Sánchez Granjel e Isabel Criado, que se enfrentan con los entresijos de su personalidad, son de referencia obligada, sin olvidar el volumen de recuerdos familiares publicado por el sobrino del escritor, el antropólogo Julio Caro Baroja [1].

---

[1] M. Pérez Ferrero, *Pío Baroja en su rincón,* San Sebastián, Libr. Internacional, 1941. S. Juan Arbó, *Pío Baroja y su tiempo,* Barcelona,

A la cumplida información que ofrecen tales obras hay que sumar la aportada por el propio don Pío en numerosos escritos de tipo autobiográfico: *Juventud egolatría* (1917), *Las horas solitarias* (1918), *Divagaciones apasionadas* (1925) y, especialmente, los siete volúmenes de sus memorias que, con el título *Desde la última vuelta del camino,* publica entre 1944 y 1949. Y no hay que olvidar tampoco el considerable material informativo que puede extraerse de la lectura de muchas de sus novelas como *Camino de perfección, El árbol de la ciencia* o *La sensualidad pervertida,* en las que sigue el procedimiento habitual en su técnica narrativa de incorporar lo vivido al universo de la ficción.

Remito al lector interesado a tales fuentes y me limito a reseñar con brevedad algunos de los datos más relevantes de la trayectoria biográfica de nuestro autor:

Nacido en San Sebastián el 28 de diciembre de 1872 del matrimonio de don Serafín Baroja, ingeniero de minas, y de doña Carmen Nessi, pasa su infancia y adolescencia en diversas ciudades españolas debido a los continuos cambios de domicilio que exige la profesión paterna: Madrid, Pamplona y Valencia serán, junto a la ciudad natal algunos de los escenarios de sus primeros años.

En 1887 comienza la carrera de medicina en la madrileña Facultad de San Carlos, que culmina doctorándose en 1893; mientras, desde 1890, van apareciendo sus primeros artículos en *La Unión Liberal* de San Sebastián. Tras el doctorado ejerce como médico rural en Cestona, puesto que abandona en 1896 para hacerse cargo en Madrid de un negocio familiar de panadería. Se integra en los círculos literarios de la capital y en 1900 ven la luz sus dos primeros libros: *Vidas sombrías* y *La casa de Aizgorri.*

Planeta, 1963. L. Sánchez Granjel, *Retrato de Pío Baroja,* Barcelona, Barna, 1954. I. Criado, *Personalidad de Pío Baroja,* Barcelona, Planeta, 1974. J. Caro Baroja, *Los Baroja,* Madrid, Taurus, 1972.

A partir de entonces su actividad literaria no se interrumpe; realiza a la vez numerosos viajes (Londres, Italia, Suiza y, frecuentemente, París). Hasta 1913 van viendo la luz un conjunto de importantes novelas: La trilogía de *La Lucha por la vida* en 1904, *La feria de los discretos* en 1905, *César o nada* en 1910, *El árbol de la ciencia* en 1911, EL MUNDO ES ANSÍ en 1912. A partir de 1913 inicia la larga serie de novelas históricas titulada *Memorias de un hombre de acción,* que no abandonará hasta 1920, en que publica *La sensualidad pervertida.*

En 1923 viaje por Holanda, Alemania y Dinamarca. En 1934 es elegido miembro de la Real Academia de la Lengua, institución en la que ingresa al año siguiente pronunciando un discurso titulado *La formación psicológica del escritor.* Al comienzo de la guerra civil se exilia en Francia para trasladarse posteriormente a Basilea, invitado por su amigo el hispanista Paul Schmitz. Vuelve a España unos meses en 1937, pero regresa a Francia y se instala en París en donde permanece hasta 1940. La guerra mundial le obliga a regresar a España donde, en Madrid, continúa su existencia monótona, que concluye el 30 de octubre de 1956. Durante esos años publica sus dos últimas novelas —*El hotel del cisne* (1945) y *Las veladas del chalet gris* (1952)— a la vez que va redactando los siete volúmenes que componen sus memorias.

LA NOVELA DE PÍO BAROJA

La obra novelística de Pío Baroja exige, para su cabal comprensión, ser encuadrada en el contexto de la revolución que experimentan las letras españolas en los comienzos del presente siglo. Revolución importante en el terreno ideológico, manifiesta en la actitud crítica y revisionista con que la mayoría de los escritores del momento se enfrentan al pasado y al presente del país, pero no menos importante en el ámbito formal: en esos años se gesta la conformación de un nuevo lenguaje literario, caracterizado entre otros rasgos por una sintaxis enormemente dinámica en donde la yuxtaposición y la coordinación desplazan a las complejas construcciones hipotácticas, por la renuncia a arcaísmos como la enclisis pronominal o el uso de ciertas formas verbales fosilizadas, o por la predilección por un léxico tras el que se adivina una nueva manera de percibir la realidad, lejana de los convencionalismos y de la estereotipación a que la sometía la visión «realista» del período precedente.

La revolución del lenguaje literario es paralela a un proceso similar que afecta a los moldes genéricos y que supone la puesta en cuestión de los criterios definitorios tradicionales. La novela, género más proteico y menos sometido a reglamentaciones, es el que experimenta la más profunda renovación en un movimiento que afecta simultáneamente a otras literaturas y que se desemboca en el polimorfismo y la permeabilidad comunes a la narrativa contemporánea. La primacía de la composición en correspondencia con el progresivo desinterés por la intriga, la fragmentación del capítulo como unidad básica, el intenso subjetivismo propiciado por la inevitable identificación del autor empírico con el sujeto de la enunciación (lo que contribuye a hacer permeables las fronteras entre la lírica y la narrativa), la apertura hacia lo ensayístico, etc., son rasgos de la novela de principios de siglo que anticipan la concepción moderna del género y que se detectan con nitidez en la obra narrativa del grupo de escritores que irrumpen en el ámbito literario español al romper el siglo: Unamuno, Azorín, Valle-Inclán y, entre ellos, Baroja. Las obras de estos novelistas suponen una concepción completamente novedosa del género en clara ruptura con la tradición precedente: la dimensión ensayística de los textos unamunianos, el sesgo decididamente lírico de los relatos de Azorín, el tratamiento irónico-distanciador a que Valle-Inclán somete a sus temas y a sus personajes, junto con la sistemática oposición con que todos ellos se enfrentan a los moldes narrativos tradicionales, permiten afirmar que los primeros pasos de la novela española moderna son rigurosamente simultáneos de los que marcan el comienzo de la andadura del nuevo siglo.

Baroja, cuya obra narrativa arranca en esos años y cuya adscripción al grupo de jóvenes escritores renovadores está fuera de toda duda, participa de pleno, con una amplia obra novelística que sobrepasa los sesenta títulos [2], en la renovación del género. Pero precisamente la enorme extensión de ésta, que abarca novelas de temática y factura muy dispares y en la que se entremezclan los procedimientos rupturistas con la pervivencia de elementos de la tradición precedente, convierten en una tarea compleja el establecimiento de criterios que permitan definir con cierta coherencia esa producción. A ello hay que añadir el carácter totalmente abierto con que Baroja concibe el género («La novela, hoy por hoy, es un género multiforme, proteico, en formación, en fermentación; lo abarca todo: el libro filosófico, el libro psicológico, la aventura, la utopía, lo épico, todo absolutamente», afirma en el «Prólogo casi doctrinal sobre la novela» que puso al frente de *La nave de los locos)* y que le lleva a asimilar en su obra narrativa los elementos más dispares; aunque, sin duda, éste es uno de los indicios más fehacientes de su modernidad [3].

---

[2] La parte más importante de su producción novelesca es la que integran las 12 trilogías —*Tierra vasca, La vida fantástica, La lucha por la vida, El pasado, La raza, Las ciudades, Agonías de nuestro tiempo, La selva oscura, La juventud perdida, Días aciagos, Saturnales* (estas dos inacabadas) y *El mar* (excepcionalmente compuesta de cuatro títulos) y los 22 volúmenes que constituyen la serie *Memorias de un hombre de acción.* A ellas hay que añadir otros títulos sueltos como *Susana y los cazadores de moscas, Laura o la soledad sin remedio, El caballero de Erlaiz* o *Intermedio sentimental,* aparte de numerosas novelas cortas, cuentos y relatos diversos.

[3] De hecho, la «manera» barojiana no gozó en principio de la aceptación mayoritaria del público lector, que permaneció fiel a los continuadores de la tradición narrativa realista: el éxito popular de autores como Blasco Ibáñez frente a la escasa difusión de los títulos

Si nos detenemos en primer lugar en los elementos renovadores que la novelística barojiana incorpora, se observa que una de sus aportaciones más indiscutibles, compartida asimismo con los otros narradores de su generación, es el tratamiento del lenguaje literario: la concisión y la claridad de un vehículo expresivo capaz de reducir la distancia existente entre aquél y el habla cotidiana, es el ideal al que Baroja aspira con su escritura; una prosa de eficacia descriptiva, apta para transmitir una percepción directa de la realidad no mediatizada por convenciones ni estereotipos, sitúa el lenguaje barojiano, y el de quienes con él inician su andadura literaria, en los antípodas de la prosa del realismo y del naturalismo precedentes. Ignacio Arcelu, en EL MUNDO ES ANSÍ, sintetiza con estas frases el ideal lingüístico de su creador: «(...) uno va buscando la verdad, va sintiendo el odio por la palabrería, por la hipérbole, por todo lo que lleva oscuridad a las ideas. Uno quisiera estrujar el idioma, recortarlo, reducirlo a su quintaesencia, a una cosa algebraica; quisiera suprimir todo lo superfluo, toda la carnaza, toda la hojarasca». Sus frases breves, reducidas casi a los elementos nucleares, en construcción paratáctica en el interior de párrafos de corta extensión, configuran una sintaxis de enorme dinamismo que, junto con un vocabulario matizado y preciso, refleja con exactitud la visión barojiana de la realidad: «la pesadez, la morosidad, el tiempo lento no pueden ser una virtud», afirma en el citado «Prólogo casi doctrinal sobre la novela»; de ahí su desdén por «ese valor un poco ridículo de los párrafos redondos y de las palabras raras que sugestiona a todos los papanatas de nuestra literatura».

Por lo que respecta a la construcción del relato, la novela barojiana supone igualmente una ruptura con la narrativa decimonónica: frente a la estructura cerrada y

---

barojianos prueba la dificultad de los lectores para asimilar las innovaciones. No obstante, éstas acabarían imponiéndose en las décadas siguientes y don Pío se convertirá en uno de los novelistas más leídos.

a la minuciosa trabazón de la intriga de aquélla, Baroja parte de una concepción de la novela como género abierto y omnicomprensivo, con un sentido de la composición enormemente laxo, que se manifiesta ante todo en la desintegración del capítulo tradicional (de extensión equivalente a la permitida por una sesión continua de lectura) en unidades breves de irregular extensión, conectadas obviamente con el subjetivismo desde el que se afronta la contemplación de la realidad. Don Pío manifiesta en varias ocasiones su desdén por la técnica («Este arte de construir vale muy poco. En la novela apenas si existe. En la literatura todos los géneros tienen una arquitectura más definida que la novela; un soneto, como un discurso, tiene reglas bastante claras y definidas; un drama sin arquitectura, sin argumento bien definido, no es posible; un cuento mismo no se imagina sin composición y sin final *ad hoc;* una novela es posible sin argumento, sin arquitectura y sin composición»[4]), aunque su propia práctica novelesca se encarga de desmentir a veces este tipo de afirmaciones; ahí están para demostrarlo los hábiles recursos modalizadores de la temporalidad, de la visión y de la voz que se emplean para narrar la historia de Sacha Savarof en EL MUNDO ES ANSÍ, el complejo juego de narradores superpuestos en *Las inquietudes de Shanti Andía* o la rigurosa adecuación a los esquemas del relato mitológico en *Zalacaín el aventurero*[5]. Podría pensarse que afirmaciones de ese tenor no dejan de resultar contradictorias, pues si, por una parte, el carácter abierto y polimórfico es uno de los rasgos más llamativos de la novela contemporánea, también lo es, en igual o mayor medida, la elevación de la

[4] *La intuición y el estilo, O. C.* VII, pág. 1058.

[5] Véanse al respecto las introducciones de R. Senabre a *Zalacaín el aventurero* y de Darío Villanueva a *Las inquietudes de Shanti Andía,* ambas en esta misma colección, números 3 y 35 respectivamente. Véase asimismo Marie-Claire Petit, «*Zalacaín el aventurero:* Estructura simbólica y temática», en *El escritor y la crítica. Pío Baroja* (J. Martínez Palacio, ed.), Madrid, Taurus, 1974; págs. 367-368.

técnica a categoría primordial. Pero hay que tener en cuenta que esa preterición de la arquitectura compositiva es, en realidad, una técnica: para un novelista en quien la observación de la realidad cotidiana constituye el ingrediente principal para la construcción de sus fabulaciones («El escritor puede imaginar, naturalmente, tipos e intrigas que no ha visto; pero necesita siempre el trampolín de la realidad para dar saltos maravillosos en el aire. Sin ese trampolín, aun teniendo imaginación, son imposibles los saltos mortales», afirma en el susodicho «Prólogo casi doctrinal sobre la novela»), la misma transcripción del fluir de la vida puede convertirse en principio estructurador[6]. Como apunta Benet, este modo de operar es producto de una nueva manera de afrontar la realidad, consecuencia del desplazamiento del sujeto en la novela moderna: «Ya no se trata de captarla y, después de un proceso de subjetivación que elimine las sustancias innecesarias, reproducirla. No, ha de verterse la realidad simplemente (...) Baroja va a poblar sus novelas de gente pequeña que entra y sale sin más misión que representar»[7]. Esas pequeñas existencias que en la novela posterior (*La colmena,* de Cela; *El Jarama,* de Sánchez Ferlosio; *Una meditación,* de Benet) han ocupado el lugar de los héroes individuales, llenando con su cotidianeidad mediocre el espacio antes destinado a dar cuenta de las aventuras asombrosas o de las complejidades psicológicas de aquéllos. Por ello opta Baroja por un relato en que la historia discurre linealmente aunque su fluir se interrumpa a cada paso para dar entrada a esos personajes, que protagonizan episodios secundarios o que se enzarzan en interminables discusiones, o a digresiones del narrador, quien al hilo del relato se explaya sobre los temas más variados.

---

[6] Véase Ignacio R. M. Galbis, *Baroja: El lirismo de tono menor*. Nueva York, Eliseo Torres, 1976; especialmente el capítulo IV.

[7] «Baroja y la desintegración de la novela», en *El escritor y la crítica. Pío Baroja,* cit. pág. 120.

Pese a tales interferencias, la elección del relato lineal implica una enorme sencillez constructiva: la historia tiene, por lo general, un único protagonista y se reduce a una sola secuencia de incidentes, sin argumentos secundarios, paralelismos ni estructura interna compleja: la sucesión de acontecimientos se presenta en el mismo orden en que afectan al héroe, de quien todos los otros personajes se encuentran en relación de dependencia [8]. La historia, pese a estar repleta de acontecimientos y personajes, se reduce a una trama de gran simplicidad, articulada sobre los episodios que van marcando la trayectoria vital del protagonista; en torno a ese tronco central crece la hojarasca de las adherencias adjetivas al núcleo de la historia: digresiones del narrador, sucesos irrelevantes, personajes episódicos de aparición fugaz cuya única función parece ser la de enzarzarse en largas disquisiciones con el protagonista. Se ha señalado la articularidad como la principal característica de los héroes barojianos: son más que personas, actitudes ante la vida; de ahí la importancia que adquiere el diálogo en cuanto vehículo de revelación del ser de los personajes, y la justificación de todas esas figuras episódicas destinadas a servir de interlocutores.

La sencillez del esquema narrativo barojiano se compensa, sin embargo, con el uso de variantes modalizadoras de la visión y de la voz que el autor pone en juego al presentar los sucesos de la historia. Así, sus novelas, pese a tener en común la simplicidad de la estructura lineal, resultan sumamente diversas en virtud de la habilidad de Baroja para elegir el ángulo de enfoque de los acontecimientos y la voz o las voces que han de dar cuenta de los mismos. Repárese así en las diferencias existentes entre la neutralidad del narrador extradiegético de *Zalacaín el aventurero*, la primera persona auto-

---

[8] Véase D. L. Shaw, «Dos novelas de Baroja: una explicación de su técnica (Sobre *César o nada* y *El gran torbellino del mundo*)», ídem, págs. 386-389.

biográfica de *La sensualidad pervertida,* el narrador intradiegético personalizado de *César o nada,* la mezcla de estas dos modalidades en *Camino de perfección* o la objetividad de las novelas dialogadas como *Paradox rey, La casa de Aizgorri* o *La leyenda de Jaun de Alzate.*

El desdén de Baroja por la estructura cerrada común a la tradición narrativa precedente, su tratamiento un tanto anárquico de la disposición de los elementos de la que resulta la trabazón de la intriga han de ser considerados como manifestación de la intensa corriente de subjetivismo que atraviesa la creación de la gran novela postrealista. Ésta surge de la revolución que aporta un nuevo modo de percibir la realidad, el impresionismo, con todas sus implicaciones de discontinuidad, negación del desarrollo ordenado, interiorización, apelación al papel activo del lector, que ha de reconstruir lo que se le ofrece de modo fragmentario, espacialización de la temporalidad, etc. Esa nueva manera de percibir alcanza su expresión más genuina en la llamada «novela lírica», género en el que la narración de acciones deja paso a la interiorización de la experiencia y la descripción ocupa el lugar del acontecimiento; novela, pues, esencialmente estática y cuyo significante adquiere un grado de opacidad y un carácter intransitivo cercanos al de la poesía. Entre la obra de los narradores españoles de comienzos de siglo se detectan rasgos que permiten la adscripción de una parte considerable de ella a este género: Las novelas de Valle-Inclán, Azorín, Unamuno pueden figurar, en mayor o menor grado según los casos, como exponentes del mismo. La novela barojiana, aunque desde esta perspectiva, se nos muestra muy alejada de la de sus compañeros de generación, sí comparte con ella una de las notas más esenciales del «lirismo»: la nueva visión del paisaje. Se trata de una visión de indudable raigambre impresionista, en el polo opuesto de las descripciones de los escritores precedentes, en quienes la percepción se sometía a un esquema ordenador, expresada en un lenguaje exento de retoricismo[9], capaz por su sencillez y su carácter directo de transmitir al lector una sensación innegable de espontaneidad.

Tales descripciones paisajísticas se presentan con una frecuencia considerable en las narraciones barojianas y han sido objeto de reproche por parte de algunos críticos, que han puesto de manifiesto el carácter accesorio de las mismas y su problemática inserción en la estructura narrativa. Hay que tener en cuenta, sin embargo, que tales pasajes no son totalmente gratuitos puesto que desempeñan una función caracterizadora por su capacidad de ser utilizadas como proyección del estado anímico del personaje perceptor: Baroja no suele expresar directamente los sentimientos de sus personajes, sino que los proyecta mediante las percepciones que éstos tienen de la realidad circundante; percepciones en las que la subjetividad del sujeto focalizador prolonga o reproduce la del propio autor. Con ello, la novelística barojiana asume uno de los rasgos más sobresalientes de la novela «lírica» que aproxima a ésta al género poético: la identificación del autor empírico con el sujeto de la enunciación.

El reconocimiento de esta función permite deshacer la contradicción que existe entre el intenso subjetivismo de las descripciones barojianas y otro de los rasgos que confieren a su producción novelesca marchamo de modernidad: el distanciamiento irónico del narrador con respecto al mundo narrado y a los personajes que lo pueblan. El autor no «vive» con ellos sino, como ha señalado B. Ciplijauskaité, se limita a observarles y «aunque expresen sus ideas nunca llegan a ser tan parte

---

[9] En realidad, la nueva manera de mirar impone una nueva manera de describir, una «retórica» que produce sensación de espontaneidad mediante procedimientos que rompen con la artificiosidad anterior, como la adjetivación múltiple para un solo núcleo nominal, el uso de estribillo o «ritornello» poético, la preferencia por las comparaciones sobre las metáforas, la reiteración amplificativa, etc. (sobre esta cuestión véase Galbis, o. cit. págs. 225-226).

de sus entrañas como los de Unamuno» [10]. Ese propósito de distanciamiento es el que provoca la interrupción del fluir de la historia mediante la recurrencia a subterfugios diversos tales como las intervenciones comentadoras del narrador o las discusiones entre los personajes; y es también el que lleva en otras ocasiones a utilizar señales que, como la titulación irónica de los capítulos o los guiños de complicidad al lector, se encargan de marcar la frontera entre el mundo de la ficción y el mundo real y de recordar el papel del narrador como fautor indiscutible de aquél. Es precisamente cuando Baroja hace funcionar los mecanismos distanciadores, cuando sus creaciones alcanzan mayor grado de independencia y, por consiguiente, de verosimilitud. Si, por el contrario, se vuelca en la demostración de tesis, la pasión que pone en la defensa de sus argumentos termina lastrando el vuelo de su potencial imaginativo y redundando en la falta de credibilidad de situaciones y de personajes.

Hay que tener en cuenta, sin embargo, que la incorporación al hilo del relato de esos elementos digresivos, bien sea a través de las reflexiones del narrador, bien a través de las discusiones mantenidas por los personajes, adquiere sentido a la luz de la concepción abierta del género novelesco que nuestro autor defiende, la cual permite la integración de materiales de la más diversa índole. Dicha concepción viene, por otro lado, a coincidir con uno de los rasgos definitorios de gran parte de la novela moderna: su carácter ensayístico, derivado de la inclusión de elementos reflexivos, que a veces llegan a imponerse sobre los estrictamente narrativos y permiten que se haya podido hablar de la confusión de géneros, en cuanto la intriga llega a convertirse en pretexto para la exposición de un conjunto de reflexiones en las que se manifiestan los presupuestos ideológicos del autor.

---

[10] B. Ciplijauskaité, «Distancia como estilo en Pío Baroja», en *El escritor y la crítica. Pío Baroja,* cit. págs. 142-143.

De muchas de las novelas coetáneas de la producción barojiana, tanto españolas como de otros ámbitos culturales, puede decirse que están a caballo entre lo narrativo y lo ensayístico. Lo que sucede es que el ensamblaje entre ambos tipos de materiales no siempre se produce de manera perfecta y las digresiones adquieren entonces un carácter de añadido gratuito. Es lo que ocurre a veces en los textos barojianos, en contraste con la integración sin fisuras de las reflexiones en la narración que observamos en autores como Unamuno.

Junto a estos rasgos apuntados en las líneas precedentes, que permiten enmarcar de modo pleno la obra narrativa de Pío Baroja dentro del movimiento renovador que determina el rumbo de la novela contemporánea, existen otros no menos evidentes a través de los cuales es posible percibir su entronque con los moldes y procedimientos de la narrativa tradicional. Obviamente, a lo largo de una producción que sobrepasa los sesenta títulos, han de ser frecuentes los momentos de relajo en la tensión creativa en los cuales la inercia del «oficio» acabe imponiéndose al prurito de originalidad, y se opte por atenerse al cómodo y conocido cauce de las convenciones y por echar mano del arsenal de recursos cuya eficacia está garantizada por una secular utilización. No obstante, la opción de Baroja por los procedimientos de la narrativa tradicional no ha de entenderse en el sentido de la aplicación sistemática de moldes y de esquemas que redundaría en una simplificación falseadora de la realidad y en la reducción de las obras a la categoría de subproductos literarios. Don Pío sabe extraer del arsenal de la tradición recursos capaces de atrapar de inmediato el interés del lector y sumergirlo en el mundo de la fábula; entre ellos, el hábil manejo de la intriga (que nunca se supedita a la composición o a la exhibición de la técnica) a través de la disposición estratégica de los momentos culminantes, la introducción de historias secundarias, de personajes pintorescos, o de anécdotas extemporáneas. A este respecto hay que señalar la indudable deuda que la novela barojiana tiene con la narración folletinesca y que se pone de manifiesto en detalles como la titulación «sensacionalista» de los capítulos (siempre con el tratamiento irónico antes apuntado) como procedimiento para incitar a la continuación de la lectura, complementada con el corte de los mismos en los momentos de mayor tensión; o la tendencia a una clasificación maniqueísta de los personajes, la utilización de elementos creadores de suspense no siempre justificados por el desarrollo de la intriga, etc. [11].

La utilización de los moldes narrativos tradicionales, con las adherencias procedentes de la novela por entregas, se pone de manifiesto de una manera más evidente en la parte más «romancesca» [12] de la producción barojiana, especialmente en la serie de títulos que integran las *Memorias de un hombre de acción;* los elementos innovadores, en cambio, suelen ser más frecuentes en las obras cuyo ámbito es el mundo contemporáneo y cuya historia se enmarca dentro de unas coordenadas de mayor realismo.

La obra novelística de Pío Baroja oscila entre la exaltación de la fantasía de sus «romances» de aventuras y el apego al realismo de sus «novelas» de temas y tipos contemporáneos. Esta bipolaridad aparece justificada teóricamente en la polémica mantenida con Ortega y Gasset sobre la novela. Frente a la defensa que el filósofo hace de una novela exenta de servidumbres realistas, Baroja no responde con un panegírico del realismo tradicional, sino que destaca la importancia que a la imaginación le cabe desempeñar en la elaboración de la historia y se decanta por una captación poética del am-

---

[11] Por ejemplo, el personaje misterioso que persigue a la protagonista de *El mundo es ansí* y cuya presencia parece estar sólo justificada por la necesidad de atribuirle la autoría de los anónimos que provocan la ruptura del matrimonio.

[12] La crítica anglosajona suele distinguir entre *romance,* relato en el que predominan lo fantástico, los elementos imaginativos, y *novela,* término que se reserva para las narraciones de mayor realismo que transcurren en ambientes contemporáneos de sus autores.

biente a la vez que proclama la necesidad de que el relato ofrezca la impresión de un todo unitario. Realismo sí, pero un realismo trascendido por la potencia imaginativa del novelista y por la capacidad de éste de proyectar su subjetividad sobre el universo de su creación; y a la par una conciencia alerta capaz de someter todos los elementos que integran ese universo a un designio unificador. Propuestas teóricas que suelen transformarse en realidad en la práctica de una obra edificada sobre la fusión de elementos de la tradición con las aportaciones renovadoras comunes a la gran novela del siglo XX.

«EL MUNDO ES ANSÍ»

Preliminares

EL MUNDO ES ANSÍ se publica en el año 1912 por la razón editorial Biblioteca Renacimiento de Madrid. Baroja la agrupa en la trilogía denominada *Las ciudades,* en la que están incluidas además *César o nada* (1910) y *La sensualidad pervertida* (1920).

Debió de ser escrita inmediatamente antes, aunque ni en las *Memorias* ni en ningún otro texto barojiano aparece referencia alguna a las circunstancias en que se compuso. Sí son documentables, en cambio, ciertas vicisitudes biográficas que se incorporarán a la historia siguiendo esa constante de su producción novelesca de integrar en el universo de la ficción materiales procedentes de experiencias vividas.

Una de esas experiencias es el viaje que Baroja realiza por Suiza e Italia en el año 1907 durante el que visita Florencia, Milán y Ginebra, ciudad esta donde tiene la oportunidad de entrar en contacto con estudiantes rusos exiliados tras la fracasada revolución de 1905.

La otra experiencia es la asistencia del escritor a la ceremonia del enlace matrimonial de su amigo el suizo Paul Schmitz con una joven rusa, celebrado en la localidad francesa de Biarritz y en la que, al igual que el narrador de la novela, ejerció de testigo. Una referencia escueta a este hecho la inserta Baroja en la nota introductoria que en 1918 puso al frente de los capítulos de EL MUNDO ES ANSÍ, reproducidos en *Páginas escogidas* (Madrid, Editorial Calleja):

> El matrimonio de un amigo con una rusa, a quienes serví de testigo, me dio la base para escribir esta novelita, que algunas señoras han tomado como feminista. La rusa había vivido en Suiza, y, recordando la vida de Ginebra, fui enjaretando los capítulos de esta obra.

Posteriormente, la contará con más detalle a Miguel Pérez Ferrero en una carta que éste dio a conocer en 1956:

> «Al volver a San Sebastián recibí un telegrama de mi amigo Paul Schmitz, suizo de Basilea, diciendo que iba a casarse en Biarritz y que quería que yo fuera padrino de su boda. Yo fui. La boda se celebró en la iglesia ortodoxa de Biarritz. Estuvimos tres o cuatro días en Biarritz y, después, el matrimonio me invitó a pasar con ellos unas semanas en un caserío de Bidart, cerca de Guethary. La casa solamente tenía un balcón que daba al mar. Paul Schmitz y yo tuvimos grandes discusiones (...)» [13].

Esta anécdota como arranque de la historia y las impresiones de Ginebra y de Florencia como elementos configuradores de algunos de los espacios de la misma forman parte del ineludible material autobiográfico que Baroja inserta en sus novelas; en él hay también que incluir los rasgos de su propia personalidad que adjudica a sus criaturas y que en EL MUNDO ES ANSÍ han recaído, además de sobre la protagonista, sobre su amigo y con-

---

[13] Miguel Pérez Ferrero: «Carta con documentos a C. J. C.», *Papeles de Son Armadans*, III, 1956, págs. 137-160.

fidente José Ignacio Arcelu: viajero impenitente, polemista original y brillante y solterón empedernido por exceso de timidez afectiva, es un innegable alter ego de don Pío.

En la gestación de la novela pudo incidir además un estímulo externo, apuntado por L. Romero Tobar[14]: el conocimiento que Baroja debió de tener del diario de la pintora rusa María Bashkitseff, viajera por España en el año 1881; en su inseguridad ante la realidad exterior, producto del contraste que ésta le ofrecía con sus ensoñaciones, ve el citado crítico una prefiguración del carácter de Sacha Savarof.

1. La historia

1.1. Los personajes:

Como la mayoría de las novelas barojianas, EL MUNDO ES ANSÍ es la narración de la trayectoria vital de un protagonista —en este caso, excepcionalmente, femenino— enfrentado desde su contradictoria psicología, fluctuante entre la abulia paralizadora y el impulso hacia la acción sin sentido, a un mundo insatisfactorio. El personaje de Sacha comparte muchas características con otros héroes barojianos: inadaptabilidad, rebeldía, aspiración nunca colmada hacia un ideal inconcreto, recurso al viaje como búsqueda o como huida de la insatisfacción, confusionismo de ideas, etc. Novela, pues, de un único personaje central en torno al cual giran los restantes, bien secundarios (los seres a través de quienes se articula la relación de la protagonista con el mundo) bien meramente comparsas (aquellos otros que configuran el espacio de dicha relación).

De entre los secundarios, son muy pocos los que desempeñan una función actancial en la sintaxis de la his-

---

[14] L. Romero Tobar: Introducción a *El mundo es ansí*, Barcelona, Plaza y Janés, 1986, págs. 53-54.

toria; dada la simplicidad argumental, prácticamente se reducen a los tres hombres que marcan otros tantos jalones en la vida de Sacha: Klein y Velasco, los dos maridos, como elementos negativos, y Arcelu, atisbo de una relación ideal que no llega a consumarse, como elemento positivo:

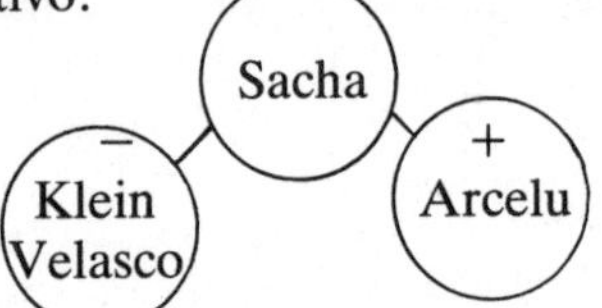

Recurriendo a la aplicación del modelo de Greimas, la historia quedaría esquematizada en un proceso cuyas fuerzas actanciales serían las siguientes:

Dador: la voluntad de Sacha
Sujeto: Sacha
Objeto: búsqueda de la felicidad
Oponentes: Klein, Velasco, su propio carácter
Ayudante: Arcelu
Destinatario: la propia Sacha.

El resto de los personajes secundarios desempeñan una función meramente caracterizadora, a través de un procedimiento contrastivo típico de Pío Baroja: su confrontación con los principales sirve para realzar las peculiaridades diferenciales del carácter de éstos. Así, Vera, con su seguridad aplastante tanto en el terreno sentimental como en ideal burgués de vida al que aspira, constituye un agudo contraste con el espíritu permanentemente dubitativo de la protagonista; y en igual sentido actúa la relación de Sacha con otro personaje de menor peso en la historia: Leskoff. La breve aparición de los padres de Sacha en la retrospección con que se inicia la primera parte de la novela tiene, igualmente, por objeto la explicación de la conflictiva personalidad de la protagonista como producto del cruce de dos temperamentos tan antagónicos. Un caso especialmente llamativo es el del indeciso y tímido Dulachska, el pintor húngaro que aparece en la segunda parte, cuya presencia parece estar justificada únicamente por la necesidad de contrastarlo a los ojos de Sacha con el dinámico y extrovertido Velasco [15].

Por lo que respecta a la caracterización, Baroja emplea diversos procedimientos: la descripción desde la óptica del narrador aparece, obviamente, en las referencias al aspecto físico del personaje, aunque también en algún caso al trazar el carácter del mismo se ponen de manifiesto las motivaciones que guían su conducta; así sucede en las diversas alusiones a Klein en la primera parte, en donde se hace uso de una visión omnisciente que pone en entredicho la verosimilitud del recurso del narrador interpuesto. Pero en casi todos los demás casos se opta por una caracterización indirecta lograda mediante la descripción de la conducta del personaje y la inserción de sus palabras; así sucede en los casos de Velasco y de Arcelu e igualmente en el de Vera. Especialmente compleja es la caracterización de Sacha: aparte de las referencias directas e indirectas que el narrador incluye en el prólogo y en la primera parte, el personaje se autocaracteriza al convertirse en sujeto de la enunciación a través de las cartas y de las anotaciones diarísticas que componen respectivamente las partes segunda y tercera. Así, la percepción del paisaje, sometida siempre a su óptica subjetivizadora, actúa como un elemento caracterizador de primer orden informándose puntualmente sobre su estado anímico. En este sentido, el contraste entre la dulce melancolía que la embarga durante su estancia en Florencia y la desazón progresiva que se

---

[15] La misma función contrastiva pueden desempeñar unos respecto de otros los personajes principales: así, el idealismo de Sacha contrasta con la ambición de Klein y su carácter abúlico con el dinamismo de Velasco; compárese asimismo la insensibilidad y la intolerancia de éste con el espíritu comprensivo y liberal de Arcelu.

va apoderando de su espíritu desde que atraviesa la frontera española es sumamente significativo:

> Comienza a lloviznar. En algunas hondonadas, donde hay recónditos huertos, una vieja escarda sus hortalizas; los almendros y las adelfas se muestran plagados de flores, y los pájaros cantan entre el follaje húmedo y la lluvia sigue cayendo suavemente (II parte, cap. I).
>
> En algunos olivares, los campesinos, subidos a una escalera, recogían la aceituna de los árboles. Luego pasamos por en medio de huertos de naranjos llenos de fruta roja y de hileras de grandes pitas con brazos grises y carnosos, rígidos y puntiagudos como puñales (III parte, cap. VI).

No obstante, las confidencias que hace Sacha a través de su escritura no ofrecen datos suficientes para conocer su interior [16]; no presentan nunca un análisis en profundidad ni llegan a revelarnos sus motivaciones ocultas. Ello puede interpretarse, sin duda, como una muestra de la habilidad narrativa del autor para poner de manifiesto la inseguridad del personaje y el permanente estado dubitativo de su temperamento. Sin embargo, es también evidente que Baroja se olvida en ocasiones del carácter introspectivo de la escritura diarística y utiliza las anotaciones de Sacha para dar cuenta pormenorizada, a través de una transcripción fiel, de las prolijas digresiones de los personajes que van apareciendo en su vida.

Cabe aludir, por último, a los numerosos personajes episódicos que pueblan ésta como todas las historias de Baroja y cuya presencia está únicamente justificada por su función de elementos configuradores del espacio so-

---

[16] «La sinceridad autobiográfica de Sacha lo es en grado insuficiente; desconfía de sus condiciones para la apreciación artística, de su energía para encarar la vida de las personas más próximas, del vigor prolongado de sus propios sentimientos. En este aspecto, Sacha es una de las figuras prototípicas del "universo" barojiano». (Romero Tobar, ed. cit. pág. 62).

cial de la acción. En EL MUNDO ES ANSÍ pueden agruparse en tres grupos perfectamente definidos: los rusos del interior y los del exilio (Garchín, el contertulio del general Savarof entre aquéllos y el matrimonio Semenevski y Afsaguin entre éstos), el público cosmopolita que Sacha conoce durante su estancia florentina (Amati, María Karolyi, el pintor Dulachska) y el más amplio de los españoles con tipos tan diversos como la madre y las hermanas de Velasco, el pintor Ricardo Briones o las hermanas de José Ignacio Arcelu.

1.2. El espacio:

La trayectoria vital de Sacha que constituye el núcleo de la acción se desarrolla a lo largo de cuatro espacios perfectamente configurados, que se corresponden con las etapas claves de dicha trayectoria:

Rusia: la infancia y adolescencia / la etapa posterior a su primer matrimonio durante la que se produce el deterioro de las relaciones entre los cónyuges.

Ginebra: la etapa de estudiante; noviazgo y primer año de matrimonio.

Florencia: etapa de reflexión y búsqueda que finaliza con el segundo matrimonio.

España: la insatisfacción y el desencanto progresivo que concluye con el fracaso y la huida.

Estos espacios no presentan un tratamiento uniforme sino sumamente diverso. En unas ocasiones el narrador prefiere insistir en la dimensión social y así sucede en la visión que se nos ofrece de Rusia, donde las referencias al espacio físico, son sustituidas por la pintura de un mundo en donde el atraso y la incultura supersticiosa del campesinado coexisten junto al despotismo paternalista de los grandes propietarios y junto a los ímpetus transformadores de una juventud en quien van prendiendo las doctrinas revolucionarias. Al trazar el dibujo del ámbito ginebrino, aunque el tratamiento sociológico sigue presente en la descripción de los círculos de exiliados rusos donde se mueve Sacha, encontramos abundantes referencias al espacio físico. Éste es presentado unas veces a través de la óptica del narrador, quien raramente se limita a una descripción despersonalizada; repárese, por ejemplo, en la descripción de la ciudad vieja de Ginebra que abre el capítulo VIII de la segunda parte y que actúa como pórtico de la descripción del ámbito familiar de Ernesto Klein. Otras veces se nos ofrece focalizado por la protagonista, impregnándose entonces de subjetivismo al constituirse, como se ha dicho, en una prolongación de su estado anímico:

> Muchas veces los dos iban a pasear a la Treille, a contemplar sus jardines y sus terrazas llenas de flores. El sol dorado del crepúsculo brillaba en las cristalerías de los antiguos hoteles de la Cité; los árboles del paseo de los Bastiones iban despojándose de sus hojas amarillas y mostrando sus troncos negros por entre su ramaje desnudo./ Reinaba en la Treille una calma y una melancolía profunda en las tardes otoñales. Enfrente, marcaba en el horizonte azul su lomo blanco de nieve el monte Saleve (I parte, cap. IX).

Este tratamiento del espacio es el que predomina en la segunda parte: la ciudad de Florencia, elegida por Sacha para olvidar el fracaso de su matrimonio, se nos muestra a través de sus apreciaciones (narradas ahora en primera persona) condicionadas por una situación anímica fluctuante entre la exaltación gozosa que le produce la explosión de la primavera toscana y el poso de melancolía que ha dejado en ella la ruptura con Klein. Esta melancolía aparece metaforizada mediante la lluvia o la bruma que a menudo vela el paisaje y lo modifica adecuándolo a los sentimientos que experimenta el contemplador.

En la tercera y última parte, el espacio físico, casi siempre subjetivizado por la percepción de la protagonista-narradora, alterna con el espacio social. La mirada de Sacha, que recorre España de la mano de su segundo marido, se detiene tanto en el paisaje —rural o urbano— como en la idiosincrasia del hombre español y en las peculiaridades de la estructura social en que se halla inmerso. En tal sentido, la visión distanciada de Sacha, una extranjera que se enfrenta por primera vez a la realidad española, sirve a Baroja para potenciar sus reflexiones críticas sobre la misma, muy en la línea, como se podrá comprobar, del pensamiento noventayochista. Léase, a título de ejemplo, el relato que hace de su asistencia a la novena de las Ánimas a poco de llegar al pueblo de Juan Velasco:

> Delante del altar mayor había un ataúd negro colocado sobre un catafalco, vestido de paños también negros, que tenían aplicadas unas calaveras recortadas en papel blanco. A los lados brillaban filas de cirios amarillos./ Era una cosa al mismo tiempo imponente y grotesca, ridícula y horrible./ La nave de la iglesia se veía llena de mujeres con mantillas negras y de campesinos envueltos en mantas y en trajes remendados./ Salimos, y este hormigueo de hombres desharrapados por la callejuela estrecha y mal iluminada por las lámparas eléctricas cansadas y rojizas, me pareció una cosa completamente siniestra (III parte, cap. IV).

La observación directa del país por parte de la protagonista se complementa con la información que acerca del mismo obtiene en sus largas conversaciones con Arcelu. Las reflexiones de éste contribuyen a la configuración del espacio social y se constituyen, mediante la ruptura del hilo narrativo, en auténticos ensayos incrustados en la estructura novelesca.

Hay que apuntar, por último, la interrelación que existe entre esta visión marcadamente negativa que Sacha obtiene de la realidad española y el progresivo desencanto que le produce su relación conyugal con Velasco y que culminará en la ruptura. Del mismo modo, el estado de melancolía que se apodera de ella durante la estancia en Florencia fue el determinante de su abandono en los brazos de aquél, en cuya personalidad dinámica y extrovertida creyó ver el antídoto capaz de salvarla de la abulia paralizante en que se hallaba sumida.

1.3. La acción:

El encadenamiento de sucesos que constituyen el esqueleto argumental de EL MUNDO ES ANSÍ se caracteriza por su simplicidad exenta de cualquier tipo de mecanismos que pudieran dificultar la intelección de la historia narrada. La novela presenta, así, una acción básica integrada por la serie de acontecimientos que van marcando la progresión de la trayectoria vital de la protagonista. Tales acontecimientos constituirán lo que en el análisis narratológico se denominan *funciones cardinales* y que en este caso podrían reducirse a 20:

1. Infancia y adolescencia en Rusia de Sacha.
2. Sacha marcha a Moscú a estudiar medicina.
3. Se implica en los movimientos revolucionarios estudiantiles y es detenida por la policía.
4. Su padre consigue liberarla y la envía a continuar sus estudios en Ginebra.
5. Pasa un curso en Ginebra donde entra en contacto con los círculos de estudiantes exiliados rusos. Conoce a Ernesto Klein.
6. Vacaciones en Rusia que le hacen añorar el ambiente ginebrino.
7. Vuelta a Ginebra; noviazgo con Klein.
8. Boda con Klein y renuncia a los estudios. Nacimiento de la hija.
9. Muere el padre de Sacha y la pareja viaja a Rusia.
10. Las dificultades que en la convivencia del matrimonio provoca la estancia en Rusia determinan la ruptura.
11. Sacha viaja a Florencia para olvidar.
12. Conoce en Florencia al español Juan Velasco.
13. Boda con Juan Velasco en Biarritz.

14. Sacha viaja a España con su marido y conoce a la familia de Juan.
15. Excursión a Navaridas. Sacha descubre un escudo cuyo lema «el mundo es ansí» se va a convertir en objeto continuo de sus reflexiones.
16. Estancia en Sevilla. La frialdad progresiva que durante la estancia en la capital andaluza se produce en la conducta del marido se compensa con la comprensión que encuentra en Juan Ignacio Arcelu.
17. Sacha conoce la infidelidad de Juan Velasco.
18. Estancia en Puerto de Santa María. Allí Velasco recibe un anónimo en el que se acusa a Sacha de mantener relaciones con Arcelu.
19. Tras una discusión con su marido Sacha lo abandona y vuelve a Rusia.
20. En Moscú comprueba con desilusión el arrumbamiento por la juventud de los ideales revolucionarios que ella había defendido.

Frente a este exiguo número de funciones cardinales, la elevada proporción de funciones no cardinales *(catálisis)* se encarga de prestar carne al esqueleto narrativo, hasta el punto de convertirse éstas, como sucede a menudo en la novelística barojiana, en un elemento de mayor peso que la sucesión de acontecimientos constitutivos de la acción. Así, el progreso de ésta se interrumpe frecuentemente con la inclusión de segmentos de discurso (que en ocasiones llegan a abarcar capítulos completos) cuya función es la descripción ambiental (social o geográfica), la introducción de sucesos marginales y de personajes episódicos o la transcripción de largas conversaciones mantenidas por éstos o por los protagonistas. Repárese, por ejemplo, en el escaso o nulo peso que en el desarrollo de la trama tienen capítulos como el XI, XII, XV y XVI de la primera parte, los X-XVI de la tercera y la casi totalidad de los que integran la segunda. La función en la estructura narrativa de la larga pausa descriptiva que constituye la estancia de Sacha en Florencia es la de proporcionar el lapsus temporal necesario para que la protagonista se recupere de las heridas de su fracasado matrimonio y se encuentre en disposición de emprender una nueva aventura sentimental. Pero ese tiempo muerto en el fluir de la acción principal es utilizado para desarrollar dos acciones secundarias: la continuación de la historia amorosa de Vera interrumpida en el capítulo XVII de la primera parte[17] y la introducción de la historia de María Karolyi, víctima del engaño de Enrique Amati. Ambas historias, la consecución, tras el tropiezo inicial con Semenevski, de su ideal de matrimonio burgués por parte de la realista Vera, y el desengaño por exceso de idealismo de la húngara, desempeñan una evidente función contrapuntística con relación a la desafortunada vida amorosa de Sacha Savarof, núcleo de la historia base.

Ninguno de los otros elementos que se incorporan a la narración desbordando su trayectoria argumental es, por lo demás, accesorio: todos cumplen funciones caracterizadoras de personajes o de creación de ambientes y, en cualquier caso, son perfectamente justificables desde la concepción abierta del género novelesco que preconiza Baroja y que le lleva a construir historias con el único objetivo de utilizarlas como cañamazo para tejer sobre ellas su personal visión del mundo.

2. *El relato*

En la presentación de los hechos que constituyen la historia Baroja ha huido de la exposición lineal y unitaria de la misma y la somete a una serie de manipulaciones modalizadoras que se concretan en la utilización de

[17] La atracción entre Vera y Semenevski se empieza a apuntar en los dos capítulos precedentes, durante los cuales hay momentos en que Sacha pasa a un segundo plano por el interés del narrador en mostrar la corriente de simpatía que se establece entre ambos personajes.

diversos modos narrativos, en la complicación del desarrollo de la cronología y en la elección de una focalización plural. La sabia utilización de la retórica de la modalización convierten a EL MUNDO ES ANSÍ en una narración de enorme coherencia en la que resulta difícil negar la existencia de un estudiado diseño compositivo previo. Sin existir una primacía absoluta de la composición, pues el orden lógico-temporal pesa mucho más que el espacial, la narración de la historia de Sacha Savarof es un argumento contundente contra la acusación de zafiedad constructiva que a menudo se ha vertido sobre don Pío.

2.1. Modo:

En EL MUNDO ES ANSÍ alternan la narración de acontecimientos (relato de no palabras) y la presentación mimética de los diálogos de los personajes (relato de palabras): relato diegético junto a relato mimético. De este segundo aparecen muestras de las tres posibilidades que origina el grado más o menos directo de la mímesis: las palabras de los personajes son, en unos casos, reproducidas directamente, haciendo que se autocaractericen, mediante el recurso del estilo directo; en otras ocasiones se las incorpora con el procedimiento del discurso indirecto a la voz del sujeto de la enunciación, y en un tercer caso se transmite el contenido del acto de palabras sin reproducir la forma verbal del mismo, recurriendo al denominado estilo contado. La conjunción en perfecto ensamblaje, pese a su rápida sucesión, de estas diversas modalidades explican el dinamismo del relato barojiano y su modernidad, lejana de la morosa andadura del relato decimonónico. Compruébese en estas líneas procedentes del capítulo XV de la primera parte:

> A los postres, mientras Vera, Semenevski y Afsaguin bromeaban, la mujer de Semenevski, Klein y Sacha se

pusieron a hablar seriamente de cuestiones de economía doméstica. Después de brindar repetidamente por la felicidad de los recién casados y de tomar café, fueron, como quería Semenevski, a visitar el palacio de madame Staël. / Afsaguin contó a Semenevski y a Vera cómo el domingo anterior había ido a Ferney a ver la casa de Voltaire y no le dejaron entrar: cosa que indignaba al joven ruso, pero todavía le indignaba más al pensar que la tapia del jardín estaba erizada de pedazos de vidrio de botella, para que nadie pudiese asomarse a mirar. / —Serán de las botellas de *champagne* que beben los actuales propietarios —dijo Semenevski, riendo. / —Canallas —gruñó Afsaguin—, ¡Cerrar la casa de Voltaire!

2.2. Tiempo:

La cronología de la historia es, asimismo, sometida a una «elaboración» que desarticula la linearidad narrativa común a la mayor parte de la novelística barojiana. El relato comienza *in media res* con un prólogo en donde se da cuenta del segundo matrimonio de Sacha (que en el desarrollo lógico de la historia sería la función cardinal numerada como la decimotercera) y que posteriormente nos sitúa en el epílogo de la historia mediante sendas informaciones que el narrador recibe a través de una carta de la protagonista y del encuentro con una señora suiza, vieja amiga de aquélla. Al comienzo de la primera parte el relato se remonta mediante una retrospección a los orígenes de Sacha, su infancia y juventud y todas las peripecias vitales hasta concluir, al final de la segunda parte, con el punto de partida: su segundo matrimonio. En la tercera y última, se retoma el hilo abandonado en el primer capítulo del prólogo y se da cuenta de las vicisitudes de Sacha hasta el momento de la ruptura con Juan Velasco y posterior huida a Moscú.

Esta ruptura de la linealidad de la historia, sumada a la alternancia modal, proporciona una considerable movilidad al relato, dotándolo de un dinamismo que explica la facilidad con que Baroja atrapa el interés del lector y lo sumerge en el universo de la fábula. Podría aventurarse quizá una explicación simbólica de ese diseño de la temporalidad cuyo estudiado desorden actuaría como reflejo de la azarosa trayectoria vital de la protagonista.

Por lo demás, las aceleraciones y desaceleraciones que se imprimen a la marcha de la historia en función de la subjetividad del narrador y de la importancia de lo narrado constituyen un elemento dinamizador más: compárese, así, la morosa lentitud de los nueve primeros capítulos de la segunda parte con la sucesión de acontecimientos que se producen en el décimo y último; aquéllos actúan como preparación de la protagonista, sumergida en ese ambiente indolente, de actividad ralentizada, para sucumbir ante el carácter expeditivo de Velasco, cuya actividad impetuosa parece arrastrar al narrador, imprimiéndole un ritmo vertiginoso, en el capítulo final. De estos cambios de ritmo narrativo cabría hacer asimismo una lectura simbólica poniéndolos en conexión con la compleja psicología del personaje de Sacha, oscilante, según se apuntó más atrás, entre la abulia paralizante y el impulso hacia una acción sin sentido.

Por último, es preciso aludir a la exactitud de las referencias con que Baroja ha ido enmarcando la cronología de la historia. La alteración del decurso temporal y la alternancia de aceleraciones y desaceleraciones, impuestas respectivamente por la elipsis y resúmenes y por las pausas descriptivas, no han impedido una datación rigurosa de los aproximadamente nueve años transcurridos desde el inicio de los estudios de Sacha en Moscú hasta su vuelta allí tras la ruptura de su matrimonio con Juan Velasco [18].

---

[18] Las referencias temporales, explícitas o implícitas, van situando con toda precisión el tiempo de la historia: un curso preparatorio en Moscú, un curso en primero de medicina; el segundo curso, tras las vacaciones, en el que es detenida por la policía (1905); primer curso en Ginebra; vacaciones y segundo curso en Ginebra al final del cual

2.3. Visión:

Al disponer la retórica narrativa para contar la historia de Sacha, Baroja ha optado por el empleo de una focalización plural. Ésta es, obviamente, producto de la conjunción de dos sujetos de la enunciación: el narrador extradiegético —pero corporeizado como personaje— del prólogo, la primera parte, el capítulo X de la segunda y el epílogo, y el narrador autodiegético, Sacha, que aparece como autor de la segunda y tercera partes. Pero la focalización en cada uno de ambos discursos ofrece una considerable cantidad de matices que contribuyen al enriquecimiento de perspectivas desde las que el lector conocerá la historia narrada.

El narrador extradiegético se presenta, por una parte, como personaje-testigo de algunos momentos de la historia de Sacha —su segunda boda y los días que la siguieron— de los que ofrece por tanto una información de primera mano, limitada siempre a una visión externa de los acontecimientos y complementada por la información derivada de las confidencias de la protagonista. Por otro lado, ese narrador extradiegético, al contar la historia de Sacha ya en la primera parte, actúa como un narrador superpuesto a un primero de quien proceden las informaciones que nos transmite: la vieja señora suiza, antigua amiga de la heroína. Dicho narrador superpuesto, al reelaborar la historia que ha escuchado, alterna la visión externa y objetiva de los hechos —consecuencia del conocimiento indirecto de los mismos— con una visión irónica-distanciadora, manifiesta en apostillas y comentarios, y con una visión interna limitada, mostrativa de un conocimiento interior del perso-

se casa; año y medio en Ginebra tras la boda; dos años en Rusia hasta la ruptura; primavera y verano en Florencia; otoño e invierno en España; marcha a Rusia antes de terminar el invierno y vuelve a Ginebra al comienzo del verano (1912: referencia a la revolución china a la que Arcelu marcha como corresponsal).

naje, que, en aras de la verosimilitud, hay que suponer producto de las confidencias de la joven rusa al narrador básico. Véanse ejemplos de ambas:

> De jefe se vio que Savarof no sólo no brillaba por su inteligencia o por su cultura, sino que se hacía cada vez más cerrado, más torpe, más militar./ Hay algunos fisiólogos que suponen que mientras la sutura frontal del cráneo no se cierra definitivamente, el cerebro puede seguir desarrollándose y creciendo./ Sin duda a Savarof esta sutura se le cerró pronto, cosa bastante frecuente entre los generales rusos y de los demás países (I parte, cap. I).
>
> Sacha no quería aceptar las ideas de Leskoff y discutía con él. Le molestaba el antisemitismo del joven médico; también le molestaba que se riera de las ilusiones de los exaltados, que soñaban con transformar rápidamente y como por arte de magia un imperio tan vasto y heterogéneo como Rusia (I parte, cap. V).

Esa visión interna limitada propicia en varias ocasiones un tratamiento subjetivizado del paisaje, que se nos ofrece a través de los ojos de la protagonista [19] completamente distinto del tratamiento irónico que presenta el narrador cuando prescinde de su fuente de información y actúa por su cuenta [20]. A veces, el olvido de la fuente de información lleva a situaciones inverosímiles como la de reproducir conversaciones entre los amigos de Sacha que tienen lugar en su ausencia y que, por tanto, ésta no pudo conocer ni transmitir a la informante del narrador:

> Semenevski le dijo a Afsaguin confidencialmente que había datos para sospechar que la Staël tenía tendencias sáficas a favor o en contra de la Recamier, y el gigantesco ruso, al oírlo, hizo grandes aspavientos y se echó a reír./ —¿Qué es? —preguntó Vera./ —Nada —dijo

---

[19] Véase la cita incluida en el apartado del espacio.

[20] Véase el comienzo del capítulo VIII de la primera parte, ya citado.

> Semenevski—; son cuentos tártaros que no debe usted conocer hasta quince días después de su matrimonio (I parte, cap. XV).

La focalización plural de la primera parte se reduce en la segunda y tercera cuando la propia protagonista se convierte en sujeto de la enunciación a través de sus cartas a Vera y de su diario. En las cartas, escritas desde su retiro florentino a donde ha acudido buscando paz tras su fracasado matrimonio, se impone la introspección y el universo narrado aparece una vez más filtrado a través de la mirada melancólica de Sacha, que impregna el paisaje y los seres que lo habitan. No obstante, en algunas ocasiones se percibe tras su discurso impresiones más imputables a la mirada irónico-distanciadora del narrador de la primera parte, constituido ahora en editor, así en los comentarios despectivos del capítulo VII sobre la mezquindad y el servilismo de los italianos. En la tercera parte continúa la focalización interna-limitada de la protagonista; al tratarse de un diario, la introspección reflexiva, que da cuenta de las fluctuaciones del estado anímico, es el tono predominante:

> He pasado una Nochebuena triste, sosa, banal, en el salón de lectura, leyendo unos libros en francés. La lluvia salta en las losas blancas y negras del patio, golpea las hojas de las palmeras y de los plátanos, y el surtidor del centro sube en el aire... (cap. IX).
>
> El ambiente húmedo y tibio tenía esta noche una suavidad de caricia: a mí se me figuraba marchar por una de esas calles que se ven en los sueños cuando se recorre un pueblo ideal, y me sentía también ahora como crisálida que va a romper su envoltura para lanzarse al espacio... (cap. VI).

Pero suele alternar con una visión externa-objetiva en cuanto la escritura diarística es en varias ocasiones el pretexto para introducir la expresión directa de los personajes a través de la pormenorizada reproducción de las amplias conversaciones que sostienen, procedimiento que, como se ha señalado, no deja de resultar inverosímil tratándose de un diario.

La multiplicidad de las sensaciones experimentadas por Sacha en su recorrido a través de España propicia, al tener que dar cuenta en rápida sucesión de las mismas, un ritmo más dinámico y la descripción de paisajes y personas o la narración de las vicisitudes del viaje quedan reducidas a unas breves frases. Tras esta expresión de una visión superficial es fácil percibir el vértigo de la joven rusa sometida al bombardeo de impresiones que significa su encuentro con la realidad española:

> Hemos salido ya del café. Son cerca de las diez de la noche y muchas tiendas están abiertas. Sigue el eterno ir y venir de la gente./ Un relojero trabaja todavía delante del cristal del escaparate con la lente en un ojo./ Vamos hacia la catedral, pasamos por delante de un muro con una puerta, la Puerta del Perdón./ Sobre esta muralla destaca la torre, la Giralda; en una ventana alta, delante de una imagen pintada, se balancean al viento cuatro faroles encendidos./ Bordeamos la Giralda y entramos en una plaza con palmeras... (cap. VI).

Hay que anotar por último que, al igual que sucedía en la segunda parte, se producen en ésta momentos en que la visión del narrador-editor se superpone a la del personaje; véanse como muestra las reflexiones sobre la doble moralidad de los españoles con que se inicia el capítulo VII.

3. *La narración*

Si abordamos el texto de EL MUNDO ES ANSÍ en su dimensión actancial, es decir, en cuanto producción de un discurso, se vuelve a poner de manifiesto la complejidad del diseño constructivo del que Baroja se ha servido para contar la historia de Sacha Savarof.

Al tratar de la visión hemos debido referirnos necesariamente a la presencia de las diversas voces narrativas que van construyendo dicha historia, en cuanto que las nociones de *voz* y de *visión* no resultan siempre fácilmente deslindables, dada la frecuente fusión de sujeto de la enunciación y personaje focalizador. Por ello, aunque me limitaré a describir la configuración del juego de esas voces a través de cuya sucesión vamos teniendo conocimiento de la historia, será ineludible reiterar información sobre algunos aspectos ya comentados.

El relato se inicia con la voz de ese narrador extradiegético autor del prólogo, corporeizado como personaje (un innominado amigo de Juanito Velasco) que asiste a la boda de la pareja y comparte con ella algunos días de su luna de miel.

Esa misma voz es la que seguimos «oyendo» en la primera parte de la novela, pero el innominado personaje no actúa ya como narrador-testigo con información de primera mano, sino como un narrador superpuesto que conoce la historia de Sacha a través del relato que le ha hecho de la misma otro narrador: una señora suiza amiga de la protagonista. La información que ésta transmite tampoco es siempre directa, sino que se ha de suponer fruto de las confidencias que le hiciera la joven rusa, quien sería en última instancia el narrador originario.

A partir de la segunda parte es la propia protagonista quien figura como sujeto de la enunciación al constituirse el hasta ahora narrador en transcriptor-editor de las cartas dirigidas por aquélla desde Florencia a su amiga Vera. El relato se convierte desde ese momento en un importante elemento de caracterización de la protagonista, mediante las formas lingüísticas que utiliza para verter la historia y la visión que nos impone de la misma. Al propio tiempo, la situación narrativa adquiere una mayor dosis de complejidad en cuanto que a través de la incorporación a su relato de dos historias secundarias el personaje de Sacha se convierte además en metanarrador. Una de esas historias es la del desengaño amoroso sufrido por la húngara María Karolyi en su relación con el violinista Enrique Amati, que se nos narra de manera directa aunque intermitente a través de las sucesivas cartas de Sacha a Vera. La otra es la de las vicisitudes amorosas de esta joven rusa, iniciada por el narrador en la primera parte y que ahora conocemos de manera oblicua a través de los comentarios que la protagonista de la novela va desgranando en su correspondencia con ella y que se suponen respuesta a la información que Vera le va facilitando sobre su noviazgo y posterior matrimonio con Leskoff.

La tercera parte presenta una modalidad narrativa distinta en cuanto que la historia se ofrece narrada a través de un discurso diarístico. Asistimos, así, al grado máximo de un proceso de interiorización, iniciado con la visión externa de la primera parte y continuado con las confidencias de la segunda: la escritura, ahora sin destinatario, se convierte en instrumento de análisis introspectivo. A partir de su segundo matrimonio y coincidiendo con su toma de contacto con la realidad española, Sacha va anotando las impresiones derivadas de ese encuentro y las reflexiones que le suscita. El texto refleja con fidelidad la nueva situación vital de la joven rusa, en la que confluyen las sensaciones contradictorias producidas por la visión de un mundo desconocido y extraño y el progresivo desencanto de una aventura matrimonial emprendida de manera irreflexiva; de ahí la oscilación sumamente lograda entre la enumeración fugaz de acontecimientos y sensaciones que se suceden vertiginosamente y la reflexión pausada que surge en los momentos en que el tráfago cesa.

No obstante, el tono intimista-introspectivo no se mantiene de manera uniforme a lo largo de esta tercera parte, puesto que en varias ocasiones la narradora adopta el punto de vista de un narrador externo-objetivo y se limita a actuar como transcriptora fiel de las palabras que pronuncian los personajes de su entorno; especialmente las largas disquisiciones de Juan Ignacio Arcelu, las cuales confieren a esta parte de la novela ese carácter ensayístico tan peculiar de la producción barojiana.

4. *El tema*

La estructura cuya descripción hemos llevado a cabo en las páginas precedentes sirve como soporte a un tema en el que confluyen, como es habitual en la producción novelesca de Pío Baroja, la exteriorización de un conjunto de obsesiones fruto de su compleja psicología y la visión desencantada de la realidad española, que genera una actitud crítica compartida, en mayor o menor medida, con los escritores de su generación.

EL MUNDO ES ANSÍ es, por una parte, la historia de un personaje inadaptado a la realidad y cuya trayectoria vital le va proporcionando enfrentamientos con situaciones que confirman su congénito pesimismo. El lema del escudo de Navaridas, que da título a la novela, actúa a lo largo de la misma como leit-motiv que resume el desencanto.

Por otra parte, la historia de Sacha Savarof se constituye en vehículo de una acerba crítica de la realidad española desde una óptica plenamente conectada con la ideología noventayochista. El carácter siniestro de la vida rural marcado por el oscurantismo de la religión católica, el salvajismo de las costumbres, la indelicadeza de las relaciones sociales y la frialdad de las familiares, el uso hipócrita de una doble moralidad, etc., son algunos de los puntos en los que se va posando la mirada amarga del novelista para acabar en un desencantado nihilismo donde se ahoga el impulso regeneracionista del noventayocho.

Ambas obsesiones, la individual y la colectiva, se ensamblan admirablemente en la narración de la historia de Sacha, personaje cuyas ansias juveniles de transformación social van siendo barridas por una tendencia congénita a la abulia y por el poso de pesimismo que van depositando en su ánimo sus experiencias vitales. Sus peripecias en medio de la hostil realidad española acaban llevándola a aceptar con dolorida resignación el fracaso de su existencia.

BIBLIOGRAFÍA

1. EDICIONES DE «EL MUNDO ES ANSÍ»

1912: Madrid, Editorial Renacimiento.
1919: Madrid, Caro Raggio.
1929: Madrid, Caro Raggio.
1937: Amsterdam, H. J. W. Becht. Titulada *Sacha (El mundo es ansí)*. Ed. de J. L. Piersen.
1940: Buenos Aires, Losada.
1943: Buenos Aires, Espasa-Calpe, Colección Austral; 6.ª ed. en 1976.
1946: Madrid, Biblioteca Nueva, vol. II de *Obras Completas,* págs. 753-842.
1962: La Haya, Van Goor Zonen, Ed. de C. F. A. Van Dam.
1965: Barcelona, Planeta, colección Autores Españoles Contemporáneos.
1967: Madrid, Alianza Editorial (en el volumen *Las ciudades,* págs. 311-460), 4.ª ed., 1982.
1971: La Habana, Instituto Cubano del Libro. Ed. de Andrés B. Couselo.
1972: Oxford, Pergamon Press. Ed. de D. L. Shaw.
1975: Madrid, Caro Raggio.
1986: Barcelona, Plaza y Janés. Ed. de L. Romero Tobar.

2. ESTUDIOS SOBRE LA NOVELA DE BAROJA [1]

BRETZ, MARY, L.: *La evolución novelística de Pío Baroja,* Madrid, Porrúa, 1979.

CAMPOS, JORGE: *Introducción a Pío Baroja,* Madrid, Alianza Editorial, 1981.

CIPLIJAUSKAITÉ, BIRUTÉ: *Baroja, un estilo,* Madrid, Ínsula, 1972.

GALBIS, IGNACIO: *Baroja: el lirismo de tono menor,* Madrid, Torres, 1976.

GARCÍA DE NORA, EUGENIO: «Pío Baroja», en *La novela española contemporánea,* I, 1898-1927, Madrid, Gredos, 1974 (4.ª ed.), págs. 97-229.

GONZÁLEZ LÓPEZ, EMILIO: *El arte narrativo de Pío Baroja en las trilogías,* Nueva York, Anaya-Las Américas, 1971.

NALLIM, CARLOS, O.: *El problema de la novela en Baroja,* México, Atenea, 1964.

ORTEGA Y GASSET, JOSÉ: «Ideas sobre Pío Baroja» y «Una primera vista sobre Baroja», en *Obras completas,* Madrid, Revista de Occidente, 1950, vol. II, págs. 69-129.

PLANS, ANTONIO, S.: *Baroja y la novela de folletín,* Cáceres, Univ. de Extremadura, 1983.

URIBE ECHEVARRÍA, JUAN: *Pío Baroja, técnica, estilo, personajes,* Santiago de Chile, Edit. Universitaria, 1969.

3. LIBROS COLECTIVOS SOBRE PÍO BAROJA

BAEZA, FERNANDO (ed.): *Baroja y su mundo,* Madrid, Arión, 1962, 2 vols. más apéndices.

GARCÍA MERCADAL, JOSÉ (ed.): *Baroja en el banquillo,* Zaragoza, Librería General, 1946-1947, 2 vols.

---

[1] Cito solamente libros que ofrezcan un estudio de conjunto sobre la obra novelesca de Pío Baroja.

BENET, JUAN (y otros): *Barojiana,* Madrid, Taurus, 1972.

MAINER, JOSÉ C. (ed.): «Pío Baroja», en *Modernismo y 98,* vol. 6 de *Historia y Crítica de la Literatura Española,* Barcelona, Crítica, 1980.

MARTÍNEZ DE PALACIO, JAVIER (ed.): *Pío Baroja. El escritor y la crítica,* Madrid, Taurus, 1974.

4. NÚMEROS MONOGRÁFICOS DE REVISTAS SOBRE PÍO BAROJA

Cuadernos Hispanoamericanos, núms. 265-267, julio-septiembre de 1972.

Índice de Artes y Letras, núms. 70-71, diciembre de 1953-enero de 1954.

Ínsula, núms. 308-309, julio-agosto de 1972.

La Estafeta Literaria, núm. 68, 1956.

Papeles de Son Armadans, III, noviembre de 1956.

Revista de Occidente, 2.ª época, núm. 62, mayo de 1968.

5. ESTUDIOS SOBRE «EL MUNDO ES ANSÍ»

BRIÓN, MARCEL: «Las ciudades», en García Mercadal (cit. en 3) II, págs. 60-70.

CARDONA, RODOLFO: «En torno a *El mundo es ansí*», en *Cuadernos Hispanoamericanos* (cit. en 4), págs. 562-574.

COLIN, VERA: «Russian characters in *El mundo es ansí*», en *Romanisches Jahrbuch,* 27, 1976-1977, págs. 364-377.

LONGHURST, CARLOS: *Pío Baroja. El mundo es ansí,* Londres, Grant and Cutler, 1977.

RODGERS, EAMON: «Realidad y realismo en Baroja: El tema de la soledad en *El mundo es ansí*», en *Cuadernos Hispanoamericanos* (cit. en 4), págs. 575-590.

SORDO, ENRIQUE: «Dos novelas singulares: *César o nada* y *El mundo es ansí*», en Baeza (cit. en 3), I, págs. 148-165.

ESTA EDICIÓN

Se reproduce la segunda edición de EL MUNDO ES ANSÍ, publicada por la editorial Caro Raggio de Madrid en 1919 en la que el autor introdujo ciertas variantes estilísticas y ortográficas sobre la primera edición (Renacimiento, Madrid, 1912); tales variantes se señalan a pie de página. Se corrigen asimismo algunas erratas tipográficas que no figuraban en el texto de 1912, advirtiéndose igualmente en cada caso.

EL MUNDO ES ANSÍ

PRÓLOGO

I

LA BODA DE JUANITO VELASCO

Siempre se distinguió el joven Velasco como elegante y como sportman [1]; muchacho rico, hijo de un cosechero riojano, gastó dinero en abundancia, ensayó varias carreras y deportes y, por último, decidió ser pintor.

El arte es un mullido lecho para los que nos sentimos [2] vagos de profesión. Cuando uno comprende esta verdad, se proclama a sí mismo solemnemente artista, escritor o pintor, músico o poeta.

Luego, los demás, empezando por la familia y por los amigos, no aceptan casi nunca esta solemne proclamación individual que les parece subterfugio, un buen pretexto para no trabajar.

Pasado el tiempo, si el vago por casualidad resultara un artista estimable, la vagancia no se toma en cuenta, es, en algunos casos, una belleza más, un gracioso lunar; en cambio, si el supuesto artista no produce nada que valga la pena, entonces su vagancia se pone al descubier-

---

[1] *Sic* siempre en esta edición; en la 1.ª *sportsman*. Anglicismo hoy en desuso usado para referirse a la persona que vestía con elegancia informal y llamativa.

[2] A través del índice pronominal el narrador se corporeiza como personaje.

to y se convierte ante los ojos de sus conocidos en algo criminal, desagradable y repelente.

En esto, como en todo, el éxito establece la ley.

La decisión artística de Velasco coincidió con la muerte de su padre y con su mayoría de edad.

El joven sportman, transformado por efecto de su libre albedrío en joven artista, recogió una cantidad considerable en dinero y en papel del Estado y se fue a liquidarlo y a recorrer el mundo.

Todos sabemos, por haberlo leído en los folletines franceses, que los viajes y los clásicos sirven para formar la juventud y completar la educación.

Pronto Velasco pudo dar un juicio de técnico consumado acerca de Botticelli[3], de Donatello[4], del champagne de la viuda Clicquot, de las bailarinas de music-halls más ilustres de los rincones de la vida galante en las principales capitales europeas.

Enriquecido con estos conocimientos, lanzó una mirada de águila a su alrededor y comenzó a darse cuenta de las cosas.

Velasco, fuera de España, se transformó; de anglómano furibundo, quedó convertido en españolista rabioso.

No se sabe si se le intoxicó alguna ostra, de esas que guardan bacilos tíficos, en un restaurante a la moda, o si tuvo alguna aventura desgraciada, el caso fue que Juanito Velasco pensó que fuera de España no valía la pena de vivir, ni de pintar, ni de comer ostras[5].

Únicamente le parecía digno de sus pinceles y de ser trasladado al lienzo, aunque él no se tomara el trabajo de hacerlo, lo trágico y lo grotesco, lo verdaderamente

---

[3] Pintor italiano (Florencia 1444-1510) renacentista, autor de obras como *El nacimiento de Venus* y *La primavera.*

[4] Escultor renacentista italiano (1386-1466), autor de obras como el *David,* que adornan la ciudad de Florencia.

[5] Incorrección en el uso del régimen preposicional en la que Baroja incurre a menudo.

dionisíaco[6]: escenas de toros, bacanales de Carnaval, procesiones de pueblo, Cristos sangrientos, adoraciones nocturnas...

En arte, Velasco no aceptaba más que lo genuinamente español, lo castellano castizo, y cuanto más crudo y más violento le parecía mejor[7].

Si Velázquez era un Dios, el viejo Goya era un profeta. Realmente, si hay en el arte español un huerto lleno de agradables y de inverosímiles sorpresas, es el de don Francisco de Goya y Lucientes.

—En la España actual —afirmaba Velasco— no hay más que dos pintores interesantes: Regoyos[8] y yo. Ahora, poniendo banderillas, yo soy el primero.

Efectivamente, Velasco había toreado en algunas novilladas con gran lucimiento, demostrando lo que llaman los técnicos taurinos las facultades.

Varias veces vi a Velasco en Madrid y en Sevilla, casi siempre con gente del bronce[9], y me habló de sus proyectos que a veces realizaba y de sus cuadros que no realizaba nunca.

Un día, al final del verano, estaba yo en un pueblecito de la costa vasca, cuando recibí un telegrama que decía así: «¿Puede usted venir esta tarde en el tren de las 3 y 20 a Biarritz? Le necesito para testigo de mi boda. Si se decide, póngame usted un telegrama. Le esperaré en la estación de la Negresse[10].—*Juan de Velasco.*»

---

[6] En la 1.ª edición *dionysiaco*. Noción que Baroja toma de la obra de Nietzsche, quien la utiliza para designar los impulsos primitivos e irracionales en oposición a lo *apolíneo,* expresión de lo armónico y racional.

[7] Las ideas pictóricas de Velasco son las que plasman en sus lienzos Darío de Regoyos, Gutiérrez Solana y, en menor medida, Zuloaga, los «pintores del 98».

[8] Darío de Regoyos (1857-1913), pintor muy vinculado a los círculos intelectuales noventayochistas, mantuvo siempre una estrecha amistad con Baroja.

[9] Expresión con que se designa a los gitanos (probable metonimia por el color de su piel) y por extensión a la gente pendenciera y entregada a la vida alegre.

[10] La estación de ferrocarril de Biarritz.

Le contesté que iría, tomé el tren para Biarritz, llegué a la Negresse y me encontré a Velasco muy elegante, de negro, fumando con impaciencias un cigarrillo.

Salimos de la estación, montamos en un coche y fuimos a la carrera.

—Perdone usted que le haya avisado —me dijo [11] Juan, mordiendo con sus dientes blancos el cigarrillo egipcio—; no le hubiera molestado a usted si un imbécil de primo mío hubiera venido aquí como prometió. ¿Usted tendrá escrúpulo en servir de testigo para mi boda?

—Yo, ninguno.

—Es que me caso con una rusa divorciada.

—¡Hombre! Es usted un fantástico. ¿Dónde se casa usted? ¿En la alcaldía?

—No. En la alcaldía nos presentaban dificultades. El alcalde es un republicano-socialista, y ¡claro! creo que el matrimonio es una cosa santa y respetable. En vista de los obstáculos, decidimos mi novia y yo casarnos en la capilla rusa.

—¿Ahí les dan a ustedes más facilidades?

—Sí. Muchas más. La única condición del pope es que si tenemos hijos se eduquen en la religión ortodoxa.

—¿Y qué va usted a hacer con unos hijos ortodoxos?

—¡Pse!, que vivan si pueden.

—Veo que la cuestión de religión no le preocupa a usted gran cosa.

—No me preocupa nada. Puede usted creerlo.

—¡En cambio, cuando lo sepa su familia!

—Protestará seguramente, pero ¡qué demonio! hay que hacer hablar un poco a las personas respetables. Así tienen algo en qué ocuparse, y además, un ejemplo de la mala conducta donde se puede destacar su moralidad.

---

[11] El estilo directo sustituye a la diégesis narrativa; la reproducción de las palabras del personaje lo autocaracteriza, completando así el retrato iniciado con las informaciones que ha ido proporcionando el narrador.

—¿De manera que usted considera sus vicios como un holocausto a la respetabilidad ajena?

—¿No es una manera como otra cualquiera de rendir un tributo a la virtud?

—Yo siempre lo he creído así.

El coche en que íbamos Velasco y yo cruzó Biarritz a la carrera y se detuvo delante de la verja de un hotel. Bajamos del coche, atravesamos el jardín, subimos al piso principal, llamó él en una puerta y pasamos a un cuarto donde se estaba ataviando la novia de mi amigo, ayudada por una doncella [12].

—Sacha —le dijo Velasco—; este señor nos va a servir de testigo de boda. Ha tenido la amabilidad de hacer un viaje sólo para eso.

—¡Oh!, muchas gracias.

Ella me dio la mano sonriendo. Era una mujer de veinticuatro a veinticinco años, rubia, muy blanca y sonrosada, los ojos claros e ingenuos, las cejas doradas, la nariz corta y los labios gruesos, que mostraban al sonreír una [13] dentadura fuerte y brillante.

No era una mujer bonita; pero sí de un gran atractivo; tenía aire de salvajismo, de candidez.

A su lado Velasco, con su tipo de hombre moreno, su nariz prominente y algo torcida, su pelo negro y sus cejas pobladas, hacía un raro contraste.

Se me figuraba ver un romano de los antiguos tiempos con alguna joven escita robada en las selvas vírgenes de la ignorada Europa.

Sacha me dijo que les dispensara a ella y a su futuro por haberme llamado y perturbado en mis costumbres. Yo contesté que no valía la pena de [14] ocuparse del tiempo de un desocupado.

---

[12] Muestra elocuente de dinamismo narrativo: la acumulación de núcleos verbales reproduce una sucesión vertiginosa de acciones que, por su carácter accesorio, no merecen mayor atención del narrador.

[13] En la 1.ª edición, *la*.

[14] Véase nota 5.

Sacha me mostró su niña, una niña de tres o cuatro años, rubia, con aire de muñeca. En aquel momento jugaba en la galería con una criada rusa, de un tipo de gitana.

Velasco me llevó al cuarto que había mandado disponer para mí, y poco después se presentó de levita y guantes amarillos.

La novia había acabado su tocado; vestía de negro y llevaba un ramo de rosas y crisantemos.

Me puso una flor en el ojal, y me dijo:

—No se incomodará usted porque el otro testigo de nuestra boda sea el mozo del hotel, ¿verdad?

—No, de ningún modo.

—Aquí no conocemos a nadie, y hemos tenido que echar mano de él.

—Ah, claro.

—Tenía algún miedo de que no quisiera usted aceptar. ¡Como los españoles tienen esa fama de orgullosos!

—Es la leyenda.

Salimos los novios y yo a la escalera, y poco después se presentó el *garçon* que había de asistir a la boda conmigo. Era un tipo de judío, muy moreno, con la nariz de buitre y el pelo negro y ensortijado [15]. Nos dijo que el coche esperaba. El coche era una carroza de forma antigua; el cochero y el lacayo llevaban libreas azules con galones de plata.

—¿Por qué han traído este coche? —preguntó Velasco.

—Aquí es costumbre en las bodas llevarlos de esta clase —contestó el mozo.

—Qué afán tienen los franceses de dar a todo aire de vaudeville —dijo Velasco.

Sacha se echó a reír. Cruzamos los cuatro el jardín y entramos en la galoneada carroza nupcial. Llegamos en

---

[15] La recurrencia a la descripción de rasgos fisonómicos que adscriban al personaje a un modelo racial determinado es una constante en los retratos barojianos. Sus prejuicios antisemitas le llevan a echar mano de rasgos definidores de la raza judía cuando se trata de caracterizar a un personaje negativamente. Véase más adelante la descripción de Ernesto Klein.

pocos momentos a la iglesia rusa, subimos rápidamente una escalinata y pasamos al vestíbulo.

El sacristán nos condujo a la capilla y salió después a avisar al pope. La capilla, grande, silenciosa, obscura, estaba imponente. La vaga luz del crepúsculo entraba por un alto ventanal y dejaba la nave en una semiobscuridad incierta.

Los dos novios y los dos testigos esperamos algo impresionados.

De pronto se abrió una puerta próxima al altar y apareció el pope vestido de blanco. Era un hombre joven, de barba rojiza, nariz afilada, anteojos y melena.

Los novios avanzaron hasta ponerse frente a él y los dos testigos nos quedamos unos pasos atrás.

El pope encendió dos velas, y, con ellas en la mano izquierda, bendijo sólo al novio con la derecha, luego puso un dedo sobre la frente de la novia y dio una vela a cada uno de los desposados.

El mozo del hotel tenía un aire tan extraño y tan solemne, con los pelos negros encrespados, la nariz corva, dirigida amenazadoramente hacia el cielo, la actitud gallarda y los guantes blancos en las manos cruzadas, que me daba ganas de reír.

Para dominar la inoportuna tendencia a la risa, me puse lo más compungido posible, haciéndome cuenta de que me encontraba en una ceremonia fúnebre.

El acólito trajo dos coronas grandes con piedras de colores, me dio una a mí, otra al mozo, y los dos tuvimos que sostenerlas sobre la cabeza de los novios.

El pope llevaba de la mano a los desposados hacia adelante y hacia atrás; los testigos teníamos que avanzar y retroceder con las coronas a pulso, carga un poco pesada.

Mientras tanto, el acólito comenzó a recitar una oración en la que se oía a cada paso la palabra *Gospodín* [16].

---

[16] Término ruso con el significado de *señor*. Según Romero Tobar (ed. cit.), el término correcto sería *Góspodi,* vocativo de *Gospod* (Señor, Dios).

El pope contestaba cantando e incesando a los novios.

Luego cambiaron el anillo y bebieron agua, y después vino en la misma copa.

Cuando se concluyó la ceremonia pasamos los cuatro a la sacristía y firmamos en un libro los novios y los testigos.

Inmediatamente salimos de la capilla y volvimos en la carroza nupcial al hotel.

Velasco apareció en mi cuarto con el traje de ordinario, charlamos un rato, bajamos al salón y una hora más tarde se presentó Sacha. Había dejado a la niña dormida en la cuna al cuidado de la niñera.

Sacha, Velasco y yo, fuimos los tres a cenar al Grand Hotel.

Velasco, como hijo de cosechero y hombre de buen paladar, mandó traer marcas especiales de vino, de precios exorbitantes. En la cena se habló de todo, de pintura, de escultura, de política; de Rusia, de España.

Velasco explicó con detalles las corridas de toros en los pueblos riojanos y la procesión de Semana Santa en una aldea próxima a Logroño. Como hablando en francés no podía dar idea clara de las actitudes, se puso a dibujar en el cartón del *menú* siluetas de toreros, de picadores, de espadas y luego perfiles de curas, de gente campesina, de sacristanes con la manga parroquial[17]. Hizo una verdadera *espagnolade* gráfica.

Después de cenar fuimos al Casino. Velasco jugó unos francos, y como hombre afortunado en amores los perdió. Yo estuve hablando largo rato con Sacha.

Me dijo que pensaba ir a España con su marido, probablemente a Sevilla. La rusa tenía en general ideas

---

[17] DRAE, ac. 6: «Adorno de tela que, sobre unos aros y con figura de cilindro acabado en cono, cubre parte de la vara de la cruz de algunas parroquias.»

absurdas de nuestro país, pero era muy ingenua, muy simpática, muy llena de optimismo [18].

No sabía qué pensar de los españoles. ¡Éramos tan distintos su marido y yo, a pesar de ser los dos españoles y de pueblos bastante próximos!

—¿La mayoría de los españoles son como usted o como Juan? —me preguntó Sacha.

—¡Qué sé yo! Es difícil contestar a eso. Había que conocer muy bien a los españoles, muy bien a su marido y muy bien a sí mismo, lo que es bastante difícil siempre.

—Sí, es verdad; pero si fuera indispensable tener un conocimiento tan completo para opinar, no se opinaría nunca.

—Tiene usted razón.

—De chica —añadió ella— yo creía que los españoles eran hombres pálidos, tristes, muy galantes y enamorados.

—¿Y por qué?

—Por una de las primeras novelas que leí, que tenía unas viñetas con unos caballeros melenudos, en donde se hablaba de los nobles sufrimientos de amor de un hidalgo español.

Yo le dije a la rusa que España era un país muy realista, en donde la gente dormía demasiado, pero soñaba poco, y ella supuso en mí intenciones de bromear. Era muy tarde cuando salimos del Casino, y entramos en el hotel.

Al día siguiente, al levantarme para almorzar, me encontré con Velasco y Sacha; me esperaban.

Velasco había decidido alquilar un automóvil por unos días y recorrer los pueblecillos de los alrededores.

—¿Quién va a dirigir el automóvil? ¿El marido de usted? —pregunté a Sacha.

—Sí.

—Entonces, ya podemos encomendar el alma a Dios. Nos va a hacer pedazos en la carretera.

---

[18] La triple adjetivación superlativa pone de manifiesto la simpatía del narrador hacia el personaje.

—No lo crea usted. Dirige muy bien.

Sacha, con su hija la pequeña Olga, la niñera y yo, entramos en el automóvil, y Juan se sentó a dirigir.

Durante una semana vivimos así, parando en pueblecillos, recorriendo carreteras, almorzando en las ventas.

Velasco, como buen automovilista, no se preocupaba más que del motor, de la gasolina, de los neumáticos; el paisaje no le merecía la menor atención.

A la rusa le encantaban estas [19] aldeas vascas con el cementerio alrededor de la iglesia y sus viejas casas negruzcas. Sobre todo, un rincón, cerca de Biriatu, le parecía delicioso.

Pasamos varias veces a España por la costa y también por Roncesvalles, deteniéndonos en Saint Jean Pied-de-Port y en Burguete. En las dos vertientes del Pirineo no dejamos pueblecillo de la carretera sin visitar. Sacha me hablaba de su vida, de sus ilusiones, de sus ideales artísticos y políticos.

Velasco no prestaba atención a las confidencias de su mujer; le parecían, sin duda, sentimentalismos, cosa de poca importancia.

Por la noche, al llegar a Biarritz, solíamos comer en el hotel platos nacionales rusos, una sopa de legumbres que se llama *tchí, kascha* [20] y algunas otras cosas que se me han ido de la memoria y del paladar; luego, como veníamos rendidos, yo al menos, no salía de mi cuarto.

De mi amistad con Sacha me quedaron unas cuantas palabras en ruso, de las que no recuerdo más que al gato se le llama *koska* y que *dobri nochi* quiere decir buenas noches.

A la conclusión de la semana, a pesar de que Velasco y Sacha me instaban a seguir en su compañía, me fui al pueblecillo en donde había estado veraneando y me volví a Madrid.

---

[19] El deíctico es una nueva marca de la inmersión del narrador en el universo de la historia.

[20] Especie de papilla de cereales.

II

UNA CARTA DE SACHA

Transcurrieron varios años[21] y un día recibí una tarjeta postal desde un pueblo de Suiza. Era de Sacha. Contesté con otra y la envié un libro mío.

Meses más tarde, Sacha me escribió esta carta en francés:

«Estimado señor: Gracias por el interés que me demuestra usted y por su libro. Lo he leído con gran curiosidad, queriendo explicarme ese país tan poco amable para mí, y a quien sin embargo guardo cariño.

»En su libro he creído ver reflejada la vida española que tanto me ha perturbado, esa vida tan irregular, tan áspera, tan inexorable, y que a pesar de esto, produce sentimientos caballerescos y bondades poco comunes. Hay algo, indudablemente, muy humano en España, cuando en contra de su vida arbitraria, injusta y cruel, se impone su recuerdo, no con indiferencia ni con odio, sino con cariño, con verdadera simpatía.

»Al escribirle a usted siento ganas de llorar; en la época que le conocí tenía grandes ilusiones. Usted mismo contribuyó a esto. Pensé si la mayoría de la gente de

---

[21] Mientras el capítulo I del prólogo abordaba la historia *in media res*, éste nos sitúa al final de la misma, enlazando cronológicamente, como se verá, con el epílogo que sigue a la tercera parte y en el que se nos presenta a Sacha de nuevo en Ginebra.

España sería como usted, apática, meditabunda, algo gris, y me alegré de ello, porque supuse que llevaría en ese país una vida de calma y de tranquilidad. ¿Qué idea se formaría usted entonces de aquella rusa? Creo ahora que al verme tan engañada respecto a España y a mi marido debía usted sonreír con un sentimiento de lástima y de piedad.

»Estoy a orillas del lago Leman, en un pueblo, en una casa antigua, inmensa, fría y triste. Me instalé aquí creyendo encontrar paz y reposo para el espíritu, y me equivoqué. La pequeña Olga no se encuentra bien, quizá sea una debilidad pasajera, pero me hace sufrir mucho. Mi pensamiento es cada vez más triste, mi espíritu cada vez más cobarde para el dolor.

»Estos hermosos días de otoño me llenan de melancolía.

»Pienso volver a mi país, a casa de una antigua amiga de mi pobre madre a la que tengo cariño y que me quiere todavía; esta idea de establecerme en Rusia no me seduce; me parece que es el reconocimiento absoluto del fracaso de mi vida.

»Vivir sin una esperanza, sin una amistad, es muy duro para una pobre mujer.

»He dejado en los países del sol parte de mi alma y vuelvo con ella mutilada y marchita al hogar abandonado; a la patria que ya no es patria para mí. Conocer nueva gente me da miedo, andar así de pueblo en pueblo y de hotel en hotel, es horrible. Adiós.

»¿Se acuerda usted de nuestros paseos por los caminos de su país? Si pasa usted por aquel rincón de Biriatu, ¿no se llama Biriatu?, salúdele usted de mi parte y acuérdese usted de mí. Yo guardaré también un recuerdo simpático del testigo de mi boda. Con un saludo afectuoso de su amiga, *Sacha V. Savarof.*»

Esta carta me produjo impresión. Alguna que otra vez, revolviendo mis papeles la encontraba y pensaba en lo que habría sido de aquella rusa tan efusiva y tan simpática.

Años después me hablaron de Velasco. Estaba hecho un señor muy formal[22], que dirigía muy sabiamente sus negocios.

Un día le encontré en el tren y le pregunté por su mujer. Se veía que esta conversación no le agradaba.

Velasco, atropelladamente y sin hablar de Sacha, me dijo que las mujeres que se consideran civilizadas son el producto más antipático de la civilización, que la única misión de la mujer es estar en la cocina y cuidar de los niños, que él mandaría azotar en la calle a las sufragistas y feministas...

—Y usted, ¿en qué situación quedó con Sacha? ¿Se separaron?

—Sí, nos separamos; fue ella la que lo quiso. Me hizo un favor.

Velasco habló confusamente de las locuras de la juventud, y concluyó diciendo:

—Créalo usted, no se puede vivir con una mujer sin religión.

Yo le contemplé con un poco de asombro.

—Ya ha llegado usted a considerar la religión como cosa útil, ¿eh? —le dije.

—Sí me parece útil para los demás —contestó él categóricamente.

Y hablamos de otra cosa.

---

[22] En la 1.ª edición, *un señor formal.*

III

UNA MADAMA FEMINISTA

Tiempo después conocí en casa de un profesor, en Ginebra, a una señora suiza, feminista, que había viajado mucho y vivido cerca de veinte años en Rusia. Era una mujer ingeniosa, alta, con los ojos pequeños y la nariz de loro, muy emperifollada y coqueta, a pesar de su edad.

Esta señora habló mucho de Rusia, y en el curso de la conversación citó varias veces al general Savarof.

—Yo he conocido a una rusa que se llamaba Sacha Savarof —le dije—. No sé si sería pariente de ese general.

—¡Sacha! ¡Ya lo creo! Era su hija. ¿La conocería usted en Sevilla?

—No; en Biarritz, donde fui testigo de su boda.

—¡Qué extraño! Hay que decir como los *yankees:* «El mundo es pequeño.» ¿Es usted amigo del señor Velasco?

—Conocido, nada más.

—Lo celebro. El señor Velasco es una persona muy especial. ¿Y al señor Arcelu, lo conoce usted?

—No.

—Es un pariente de Velasco.

—Pues no le conozco. ¿Y Sacha? ¿Dónde está?

—Ahora, en Moscou. Muy mal, la pobre.

—¿Y la niña? ¿La pequeña Olga?

—Con su tío, en San Petersburgo [23].

La señora aquella conocía la vida de Sacha en todos sus detalles; quería convencerme de lo protervo de la conducta de los hombres en general y de los españoles en particular.

Probablemente, sólo con este objetivo me invitó a ir a su casa y me contó la vida de Sacha, y me dejó para que leyera un paquete de cartas y unos apuntes que había escrito la rusa mientras estaba en España [24].

---

[23] Estas informaciones cierran la historia de Sacha, añadiendo nuevos datos a las palabras del narrador en el epílogo que sigue a la tercera parte.

[24] Cartas y apuntes que constituyen el material narrativo de las partes segunda y tercera, respectivamente.

PRIMERA PARTE

I

UN GENERAL COMO HAY MUCHOS[1]

Sacha había nacido en una finca próxima a Moscou. Su padre, Miguel Nicolaievitch Savarof, era un militar distinguido; su madre, la hija de un alemán que se hizo rico administrando las propiedades de un gran aristócrata.

Savarof había vivido en su juventud como un oficial de posición, asistiendo a las fiestas del gran mundo, jugando y bebiendo con sus camaradas, emborrachándose alegremente, dando alguna que otra vez una paliza a algún labriego o a algún soldado, pero sin mala intención y sin guardarle después rencor. En el fondo no había hecho más que seguir las tradiciones del militar de buena familia.

Todo el mundo tenía a Savarof como un muchacho de excelente carácter; pero cuando avanzó en su carrera y comenzó a mandar, experimentó una transformación

---

[1] A partir de aquí el narrador originario actúa como narrador superpuesto a la madama suiza, que constituye su fuente de información. El relato de ésta sufre una reelaboración en manos del narrador originario, quien dispone la materia narrativa titulando los capítulos e interrumpiendo a menudo el hilo de la historia con sus opiniones y comentarios.

bastante frecuente entre los hombres un poco calaveras, al llegar a la mitad de la vida y al verse revestido de autoridad se hizo despótico, brutal y puntilloso. Como no era inteligente, creyó que debía ser duro. Realmente esto de poder mandar es una cosa inmoral[2]. De jefe se vio que Savarof no sólo no brillaba por su inteligencia o por su cultura, sino que se hacía cada vez más cerrado, más torpe, más militar.

Hay algunos fisiólogos que suponen que mientras la sutura frontal del cráneo no se cierra definitivamente, el cerebro puede seguir desarrollándose y creciendo.

Sin duda a Savarof esta sutura se le cerró pronto, cosa bastante frecuente entre los generales rusos y de los demás países.

Quizá si Savarof hubiera tenido otro oficio, hubiera considerado su cerrazón como una desdicha; siendo militar, la disputó como un mérito.

Puesto que no sabía discurrir ni comprender, supuso que la verdadera misión del oficial era seguir al pie de la letra las ordenanzas y ser conservador y zarista como pocos.

Los hombres tienen la extraña condición de vanagloriarse lo mismo de lo bueno que de lo malo, de sus cualidades como de sus defectos.

Chamfort[3] habla de un aristócrata que decía: «Pierden mis enemigos el tiempo si intentan arrollarme; aquí no hay nadie tan servil como yo.»

Savarof no llegaba a esto, pero decía: «Otros habrá más inteligentes que yo; pero más fieles al Zar, nadie.»

Gracias a su fidelidad por la buena causa, Savarof llegó a general; pero al alcanzar este grado le hicieron

---

[2] Ésta es la primera de las numerosas intervenciones (expresión de un furibundo antimilitarismo) que el narrador va intercalando en el relato de su informadora.

[3] Dramaturgo francés (1741-1794), autor de obras como *La joven india* y *Mustafá;* cultivó también la literatura de análisis moral, de la que es una muestra su libro póstumo *Pensées, maximes et anecdotes* (1803).

pasar a la reserva. Savarof comprendió que esta medida la habían tomado para dejar avanzar a otros más inteligentes y más útiles que él, y como era natural, se indignó. En el ambiente de favoritismo en que se mueve la burocracia y el ejército, un acto de justicia es casi siempre una injusticia más.

Savarof, indignado, se retiró con varias heridas y otras tantas cruces a su finca campesina próxima a Moscou.

Decía constantemente que llevaba una bala en el pecho, cerca del corazón, que no se la habían podido extraer después de la batalla de Plevna[4], lo que le exponía a morir de repente.

Esta exposición creía él que le autorizaba a llevar una vida de excesos y a dedicarse, de cuando en cuando, con gran fervor a la religión.

Savarof era del Sur de Rusia y simpatizaba con los Pequeños Rusos[5], pero la tendencia liberal y democrática de éstos le producía una cólera terrible.

El general no quería convencerse de que hacía muchos años no existían siervos en su país y trataba a sus criados de Moscou y de sus fincas rústicas como si lo fueran.

Gracias a la severidad de principios del general, cuando Sacha pudo darse cuenta de las cosas, se encontró con que su familia vivía en una completa anarquía.

La madre de Sacha, separada de su marido después de ser víctima de sus brutalidades, se había refugiado en casa de una amiga. Allí, apartada del mundo, se dedicaba a la música y a los libros; el hijo mayor, militar, estaba en el Cáucaso; el segundo seguía la carrera diplomática y se hallaba de agregado en Viena, y el menor se dedicaba, con pretexto de administrar las tierras, a

---

[4] Batalla que tuvo lugar en 1877 en el marco de la conflagración ruso-turca.

[5] Designación que se aplica a los rusos ucranianos.

correr por los campos, a jugar, a emborracharse y a hacer el amor a las campesinas.

El general le acompañaba muchas veces en sus francachelas.

Savarof nunca se había ocupado de sus hijos, quizá por ser varones los llegó a considerar pronto como rivales; pero a Sacha, por ser la menor y no tener a su madre al lado, quiso atenderla.

Atenderla, para el general era mimarla y dejarla hacer todos sus caprichos.

Savarof era un hombre arbitrario, pero cordial. Consideraba como una obligación y un honor la hospitalidad, y su casa de Moscou, como la del campo, solía verse siempre llena.

El más asiduo contertulio suyo era un vecino militar retirado, llamado Garchín, inseparable del general.

Los dos amigos hablaban con frecuencia de sus campañas, aunque de bien distinta manera. Savarof recordaba únicamente los incidentes, Garchín no sólo recordaba los hechos escuetos, sino que los criticaba y los juzgaba desde un punto de vista técnico.

—Eso será verdad —concluía diciendo Savarof al oír alguna opinión atrevida de su compañero de armas—, pero no conviene decirlo.

A pesar de los sentimientos hospitalarios del general, éste no era bastante cortés y educado para aceptar con serenidad las opiniones contrarias a las suyas; y si alguno de sus visitantes exponía ideas que no le agradaban, sobre todo ideas políticas, le replicaba con extremada violencia.

Solamente a Garchín le concedía Savarof el derecho de crítica.

—Son tan poco inteligentes como yo —decía de los demás con ingenuidad— y no sé por qué se atreven a opinar.

Como la mayoría de sus contertulios eran casi todos amigos y deudos suyos, le perdonaban sus salidas del tono.

El mismo desbarajuste de la familia en el orden sentimental existía en lo que se relacionaba con los asuntos económicos de la casa.

Ni el general ni su hijo llevaban cuentas, y no estaban enterados de lo que tenían que cobrar de sus numerosos colonos. Los arrendadores eran a su vez arrendatarios, y estos contratos y subarriendos, hechos en distintas condiciones, formaban una madeja inextricable.

Ni el padre ni el hijo sabían dirigir su hacienda; durante mucho tiempo la habían dejado en manos de un administrador alemán que les robaba, hasta que Savarof se decidió a intervenir militarmente, según afirmó.

Pidió catálogos y empezó a comprar máquinas agrícolas, un molino movido por electricidad, segadoras y trilladoras mecánicas; pero como los labriegos no sabían utilizar estos aparatos, y al general y a su hijo les pasaba lo propio, tuvieron que traer mecánicos y electricistas. A éstos hubo que despedirlos porque se dedicaban a robar, y las máquinas quedaron en los almacenes llenándose de polvo, y otras que no se tomaron el trabajo de recoger fueron pudriéndose bajo la lluvia.

En vista del mal cariz que tomaban los asuntos, Savarof empeñó todas sus fincas en un banco del Estado por una cantidad anual muy crecida y se reservó la casa de campo con su jardín y su huerta y un bosque próximo. Este resultado le pareció una maravilla de su talento. Era indudablemente la medida más acertada que podía tomar.

Las ideas revolucionarias iban penetrando violentamente en los campos rusos, se preveían catástrofes, incendios, venganzas; las propiedades rurales únicamente podían dar rendimientos en manos hábiles capaces de mejorar los cultivos y de renovarlo todo de una manera lenta y segura.

II

DE ARISTÓCRATA A REVOLUCIONARIA

En este ambiente de desorden y de falta de equilibrio se educó Sacha. No podía quejarse de su suerte; muy consentida, muy mimada, vivió durante su infancia haciendo constantemente su capricho.

Hasta los diez o doce años fue una pequeña Savarof, que tiranizaba a su aya y a varias criadas puestas a sus órdenes.

En Moscou, como en su casa de campo, Savarof tenía un número excesivo e inútil de criados, tres o cuatro coches y una porción de cocheros y de mozos de cuadra.

Toda este gente se movilizaba por los caprichos de Sacha. Su educación no era precisamente un modelo para un pedagogo. Tenía catorce años y aún no sabía leer. Garchín, el amigo de la casa, fue el que llamó la atención del general acerca del abandono en que se encontraba la niña, y Savarof, después de incomodarse y de gruñir, buscó una institutriz en Moscou y encontró una suiza de Ginebra, madame Frossard.

Esta señora se encargó de Sacha y, con una gran paciencia al principio, le fue quitando sus resabios, le enseñó a leer y a escribir, y a hablar francés correctamente.

La transformación de Sacha fue muy rápida; de una chiquilla díscola y voluntariosa se convirtió en una muchacha muy seria y formal. Aunque su padre se lo había prohibido, fue, en Moscou, a ver a su madre y quedó entusiasmada con ella.

La madre de Sacha era una mujer excesivamente impresionable, desequilibrada, neurasténica; la vida con un hombre tan impulsivo como Savarof la había desquiciado por completo. Vivía entonces en la casa de una señora amiga suya, recluida, como una flor de estufa; leyendo los libros de Turgueneff[6] y tocando en el piano a Beethoven.

Sacha fue con mucha frecuencia a ver a su madre y se impregnó de sus gustos y de sus ideas.

Sacha era muy zalamera y quería animar a su madre, inspirarle su confianza y su alegría. La enferma sonreía tristemente, dando a entender que para ella no había remedio. Sus disgustos con Savarof habían quebrantado su salud y su vida.

Sacha no quería reconocerlo; pues aunque admiraba a su madre como criatura refinada, espiritual y artista, sentía también un gran cariño por su padre, que le parecía más ruso, con todos los defectos y cualidades de la raza. La madre de Sacha estaba extranjerizada; no tenía afición ni cariño por el pueblo.

Otras influencias obraron en el ánimo de la hija de Savarof.

Durante un verano, en el campo, Sacha, aburrida, comenzó a leer varios libros que le prestó sigilosamente el hijo de Garchín, que estudiaba para ingeniero en Alemania.

Después, Sacha entabló relaciones de amistad con un médico joven, que visitaba dos aldeas próximas a las fincas del general.

Este médico era un revolucionario, un místico. Dedicado a sus estudios, solo, sin necesidades, sin ambición

---

[6] O Turgeniev, escritor romántico ruso (1818-1883) muy influido por el pesimismo nihilista de Schopenhauer y autor de novelas como *Rudina, Padres e hijos, Humo* y del drama *Un mes en el campo.*

personal, se había entregado a una obra evangélica: a predicar a los aldeanos la ciencia y la moral, a enseñarles a vivir y a comprender las cosas. Sacha habló con este místico muchas veces y se le comunicaron sus entusiasmos y su fe. Ella también decidió hacerse médica y comenzar [7] los estudios en seguida.

Al saberlo Savarof, quedó atónito; la misma sorpresa le impidió manifestar su furor.

Unos días después preguntó a su hija:

—¿Has pensado en serio lo que me dijiste el otro día?

—Sí.

—Pues bien, ten esto en cuenta: antes te cuelgo de un árbol, que dejarte hacer tal disparate.

—Pues me vas a tener que colgar —contestó Sacha, sonriendo—, porque estoy dispuesta a comenzar los estudios en cuanto volvamos a Moscou.

El general se sentía interiormente mucho menos enérgico de lo que quería aparentar e hizo como que no se enteraba de la realización del proyecto de su hija.

Sacha, al llegar a Moscou, ingresó en un liceo y comenzó a estudiar con entusiasmo. Su padre la veía leer libros y cuadernos, discutir con algunas amigas, pero no le preguntaba nada.

Pasados sus estudios de Instituto, se preparó para entrar en la Escuela de Medicina. Hizo sus exámenes de ingreso con bastante éxito y comenzó a cursar el primer año. A ella, como a casi todas sus condiscípulas, les hubiera gustado llegar pronto a la práctica de la profesión; los preámbulos científicos les abrumaban un tanto.

Muchos de los alumnos, sobre todo los judíos, se iban al extranjero, porque por disposición del Gobierno no se admitían en los cursos universitarios más de un tres por ciento de estudiantes israelitas; por eso en ellos la selección era grande, muy corto el número de los aceptados y muy crecido el de los obligados a emigrar.

Durante aquellos años, en las Universidades rusas el

---

[7] En la 1.ª edición, *y comenzó;* errata obvia corregida en la 2.ª

ambiente revolucionario era violento; parecía que el gran impero moscovita iba a arder de un extremo a otro, llevando la revolución social a todos los rincones del mundo.

El general Savarof sentía que vivía sobre un volcán. Solamente a Garchín, que era liberal del partido de los Cadetes [8], le permitía hablar de política y de reformas. El general, después de comer, por la noche, se sentaba en su butaca con el periódico en la mano y resoplaba con furor cuando leía alguna noticia acerca de los proyectos reformadores de los liberales y de los socialistas.

—¿Qué? ¿Qué es lo que vais a hacer ahora? —decía a su hija irónicamente.

Sacha contestaba con alguna frase clásica del repertorio revolucionario.

En la Universidad, Sacha se relacionó con otros estudiantes y estudiantas, entre los que había muchos socialistas y anarquistas. Todos se encontraban en pleno misticismo humanitario: el vivir para los demás, el despreciar las comodidades y la riqueza, el sacrificarse por el pueblo eran entre ellos verdaderos dogmas.

Del trato con los estudiantes se desarrolló en Sacha un gran amor por el pueblo ruso, por aquella masa campesina tan indigente, tan abandonada, tan miserable [9].

Leyó los libros apostólicos de Tolstoi [10] y fue una convencida. Había que llegar, como quería el viejo maestro, a la perfección moral, a la pureza del corazón;

---

[8] Se refiere al partido de los demócratas constitucionales, que representaba una posición moderada frente a los revolucionarios radicales.

[9] Una vez más la trimembración como expresión del subjetivismo del narrador.

[10] Durante la última etapa de su vida Leon Tolstoi (1828-1910) cultiva una literatura de signo humanístico-religioso que tendría enorme influencia en la formación de la mentalidad revolucionaria. *El reino de Dios dentro de ti* y *La enseñanza cristiana* son los dos títulos más importantes de esta etapa.

había que predicar por los campos la insumisión al poder, la resistencia pasiva a la arbitrariedad gubernamental, la vuelta a la vida sencilla, el odio al industrialismo, a la máquina, al lujo superfluo y a los inventos superficiales del corrompido Occidente.

En la época de vacaciones, Sacha quiso ponerse en contacto con los aldeanos, intentando despertar en ellos un deseo de mejoramiento y de perfección ética.

Se encontró, como era natural, con una gente miserable, desconfiada, incapaz de una acción lenta y reflexiva, que iba abandonando el miedo respetuoso por el señor y adquiriendo el odio por el propietario.

Era imposible llevar una disciplina, una pauta moral a estos hombres acostumbrados a suplicar, a rezar, a emborracharse, a esperarlo todo del milagro y de la casualidad.

El desorden y la anarquía reinaban en las conciencias y en la vida; en el campo se repetían los robos y los asesinatos; en los sitios antes más tranquilos, se cometían horribles crímenes; el pueblo, desconcertado, se lanzaba en plena inmoralidad. Parecía que una epidemia espiritual iba contaminando las conciencias.

Durante el verano hubo algunos casos de cólera en la aldea próxima a la finca de Savarof; el médico, amigo de Sacha, quiso poner en práctica medidas sanitarias, desinfectar las casas y las ropas de los muertos, quemar los objetos contumaces; pero los aldeanos, amotinados, lo atropellaron de tal modo, que le dejaron maltratado y herido de muerte.

Sacha quedó horrorizada al medir el abismo de la brutalidad del pueblo, pero intentó reaccionar contra esta impresión; ella se debía a sus hermanos desheredados, tenía la obligación de trabajar por su causa, de llevar la salvación y el consuelo a los pobres campesinos.

La muerte de su madre, ocurrida poco después, aunque esperada, produjo en Sacha mucho efecto y le impulsó aún más a seguir la tendencia evangélica, a no desviarse de su aspiración humanitaria y religiosa.

De vuelta a Moscou, al empezar el curso, Sacha, con otras dos compañeras tolstoianas, organizó lecturas y conferencias populares en una escuela. Algunos revolucionarios de acción, afiliados a sociedades secretas, se mezclaron, y la policía, advertida, cerró la escuela.

Las organizadoras no quisieron darse por vencidas, y haciendo una colecta entre ellas y las compañeras, alquilaron un nuevo local para sus reuniones y sus conferencias. Los agitadores llevaron allí una máquina de imprimir y tiraron clandestinamente un periódico anarquista. La situación se iba poniendo peligrosa; la lucha entre las masas y el Gobierno tomaba caracteres agudos, cada vez más violentos; el partido socialista revolucionario se lanzaba a la lucha con un entusiasmo y un ardor heroicos; los atentados se sucedían sin intervalos; las ejecuciones eran constantes en las cárceles. A la crueldad del cosaco se oponía la barbarie de la dinamita. La policía hacía diariamente cientos de detenciones. En una de estas redadas policiacas, Sacha fue presa por conspiradora. En su interrogatorio se confesó enemiga de la autocracia y entusiasta de la revolución. Estaba dispuesta a sufrir el martirio como una verdadera revolucionaria; pero su padre, poniendo en juego todas sus influencias, consiguió libertarla.

En aquella ocasión, Savarof se mostró prudente y cauto. Sacha no quiso atender a las indicaciones paternales; las consideraba egoístas y mezquinas.

El general, fingiéndose enfermo, hizo que su hija le acompañara hasta su casa de campo y allí participó a Sacha que la tendría encerrada, a pesar de sus quejas o de sus protestas.

Sacha estuvo secuestrada varios meses. La medida fue de gran prudencia; poco después estallaba en Moscou el movimiento de 1905 [11], y todos los significados por

---

[11] La primera intentona revolucionaria contra el régimen zarista se produjo en el año 1905 y tuvo su origen en la sangrienta matanza con que el ejército disolvió una manifestación encabezada por el pope

III

LOS NUEVOS COMPAÑEROS

Madame Frossard, al encontrarse con Sacha, la recibió cariñosamente y la instaló en un cuarto blanco y coquetón, con un mirador que daba a un hermoso jardín poblado de acacias.

La pensión Frossard estaba en un barrio de hotelitos, bastante lejano del centro de la ciudad, llamado *les Petites Délices*.

La antigua institutriz tomó como un capricho la decisión de su ex discípula de estudiar medicina; pero Sacha la quiso convencer de que su propósito era serio y bien meditado. Pensaba continuar allí en Ginebra sus estudios médicos y volver después al campo ruso a predicar las doctrinas salvadoras de la Revolución.

Los primeros días, la misma madame Frossard se encargó de servir de cicerone a Sacha, pasearon las dos por el lago Leman en barco, estuvieron en Laussanna [12] y en el castillo de Chillon y fueron en tren a Lucerna a ver el lago de los Cuatro Cantones.

Después de esta rápida ojeada al país, Sacha fue a matricularse a la Universidad, y el primer día de curso se presentó en ella.

Como entre clase y clase no había bastante tiempo

---

[12] *Lausanne* en la 1.ª edición.

para volver a la pensión, entró en la biblioteca, pidió un atlas de anatomía y estuvo contemplándolo.

Hubiera podido creer sin esfuerzo que se encontraba en Rusia, en algún centro estudiantil de estudiantes pobres.

La mayoría de los que estaban en la sala de lectura eran rusos y rusas, en gran parte judíos, algunos de los escapados por sus ideas políticas después de la Revolución, otros de los no admitidos en los cursos universitarios. Todos o casi todos tenían tipo meridional y eran un tanto sucios y abandonados.

Sacha, con su tez blanca y sonrosada, sus ojos azules y su cabello rubio, parecía una muñeca de porcelana entre aquellas mujeres de facciones duras, de color cetrino, como enfermas de ictericia.

A cada paso se abría la puerta de la biblioteca y entraba un nuevo lector o lectora. Entre los hombres abundaban los tipos melenudos y extraños; entre las mujeres, las estudiantes desgarbadas y mal vestidas; unas llevaban un impermeable, otras un gabán, pocas sombrero, la mayoría gorra o boina en la cabeza, puesta de cualquier manera, sin ningún género de coquetería.

Todas estas muchachas habían perdido el aire femenino. Entraban en la sala de puntillas, se quitaban la boina o el sombrero, que colgaban en la percha, y dejaban el paraguas y los chanclos arrimados a la pared.

Sacha se entretuvo en observar a aquellos jóvenes, que iban a ser sus compañeros de estudio. Algunos estaban sobre el libro sin levantar cabeza, tomando notas; a otros se les veía mirar vagamente al techo; dos o tres habían sacado un periódico socialista y lo leían con cierta afectación.

Entre las muchachas era también muy curiosa la manera de estudiar: una jovencita con los ojos congestionados se encarnizaba sobre un libro de anatomía, agarrándose la cabeza con las manos. Se notaba el esfuerzo que hacía para retener tanto dato árido en la memoria.

A otra muchacha, en cambio, se la veía estudiar metódicamente, tomando apuntes, con calma; en su rostro había una expresión apagada, severa, de intelectual; daba la impresión de una inteligencia de hombre en un cuerpo femenino.

Entre estas futuras compañeras de estudios, Sacha distinguió una chica morena que la miraba sonriendo con sus ojos negros y brillantes.

Era una niña de dieciséis a diecisiete años; vestía traje negro holgado y peto blanco, que le daba cierto aire monjil; en la cabeza llevaba una boina de terciopelo sujeta con un alfiler.

Esta muchacha no era sin duda de las que se vestían sin mirarse al espejo; se advertía en ella una preocupación de coquetería y de deseo de agradar.

Sacha y la muchachita morena se miraban con simpatía.

Estaba abierta una ventana alta, y uno de los empleados se acercó y, tirando de una cuerda, empujó la ventana hasta cerrarla con ruido. La muchacha morena se estremeció y dio un salto en su asiento, luego se rió con una risa que le coloreó las mejillas y le hizo mostrar sus dientes blancos.

Sacha se rió también.

Tenía aquella muchachita una ligereza de pájaro; cualquier cosa le [13] distraía; cuando sacaba una pluma del bolsillo del pecho para tomar una nota, parecía que iba a coger un alfiler.

Sacha pensó si aquella muchacha sería alguna suizaitaliana. Por lo menos, no le pareció rusa. Sacha decidió hablarla si en los demás días la encontraba en la biblioteca. Al día siguiente estaba allí y se acercó a ella. La muchacha era rusa. Se llamaba Vera. Se hicieron las dos muy amigas y dieron unas vueltas juntas por los jardines de la Universidad y el paseo de los Bastiones.

---

[13] *La* en la 1.ª edición.

IV

VERA PETROVNA

En un momento las dos muchachas se[14] intimaron, y se contaron largamente sus respectivas vidas.

Vera Petrovna, la muchacha morenita, era hija de un médico rural de la Besarabia y estudiaba medicina, el mismo año que Sacha. Por lo que aseguró, no sentía afición por la carrera.

Sacha le dijo que al verla había supuesto que sería italiana o, por lo menos, del Mediodía. Vera respondió que no era extraño, porque su padre procedía del Sur de Rusia y su madre aseguraba que sus antepasados decían ser oriundos de Grecia. El aspecto meridional de Vera estaba explicado.

Vera había ido a Suiza, porque su padre tenía relaciones de gran amistad con un cirujano ruso notable, establecido en Ginebra, y como el médico rural contaba con pocos medios y con mucha familia, había enviado a su hija recomendada a su amigo.

Vera, por lo que dijo, no estaba contenta; aquellos estudios áridos no le gustaban. La perspectiva de ir al campo a ejercer la profesión y a vivir la vida humilde del médico rural, no le seducía.

—Yo hubiera preferido ser modista o sombrerera

---

[14] *Sic,* con reflexivo; se trata evidentemente de una errata que no aparece en la 1.ª edición.

—afirmó Vera—, pero mi padre no quiere hablar de esto.

Sacha le preguntó si no había pensado en influir poco o mucho en la revolución redentora que iba a modificar profundamente Rusia; pero a Vera no le preocupaba gran cosa la revolución.

A Vera le hubiera encantado ir al teatro, estrenar trajes bonitos, llamar la atención.

Sacha le quiso convencer de que había que tener fe en los ideales socialistas, pero Vera Petrovna le oía como un niño a quien le quieren dar una medicina desagradable diciéndole que es un dulce.

Ciertamente, el porvenir de estas muchachas médicas era poco lisonjero: su vida en el campo ruso, dura y difícil; la ganancia, pequeña; pero para muchas exaltadas una existencia así, sombría, de sacrificios, dedicada a los desheredados, era un aliciente más para ir a convivir con los aldeanos, a predicarles sus ideas.

Vera no sentía ninguna ansia de martirio; afirmaba, por haberlo oído a su padre y haberlo visto ella misma, que los aldeanos denunciaban a la policía a los médicos, hombres y mujeres que hacían propaganda socialista, y por esto creía que la gente del pueblo, además de torpe y bestia, era mal intencionada. El Gobierno, por delación de los campesinos, prendía a los propagandistas y los encerraba en prisiones terribles como la de Petro Paulovski [15], y cuando no los ahorcaba, los enviaba a la Siberia. Esto iba ganando la gente cándida y llena de ilusiones con su amor al pueblo.

—No importa —decía Sacha—, el peligro hace la obra más atractiva.

Vera, con su buen sentido, no se convencía.

En los días posteriores, Vera presentó a Sacha a sus amigos, casi todos estudiantes rusos de diversas faculta-

[15] La prisión de Pedro y Pablo (en otra ocasión más adelante aparecerá designada así) de San Petersburgo, actual Leningrado.

des[16]. Exceptuando algunos, muy pocos, de familias de aristocracia campesina, los demás pertenecían a la clase pobre.

Era una sociedad un poco extraña la de estos estudiantes, aislados en absoluto del medio ambiente suizo. Algunas de las muchachas, por petulancia, habían llegado al convencimiento de que todo lo que fuera coquetería, amabilidad, constituía una humillación para ellas. Una galantería les parecía a estas señoritas una ofensa a su dignidad de intelectuales, un signo depresivo de la inferioridad femenina. Para alejar toda idea galante se ponían anteojos, aunque no los necesitasen, andaban encorvadas, llevaban bastón, fumaban; hacías todas las tonterías que son en la mayoría de los países señal distintiva del hombre.

Entre ellos no había la menor atención para las mujeres, ni cederles el sitio en el tranvía, ni acompañarlas a casa; vivían bajo el mismo pie de vida, con absoluta igualdad de derechos y obligaciones.

Se veía, sobre todo en ellas, que no tenían ese culto por la belleza de las mujeres occidentales; no les preocupaban los enrojecimientos o los granos de la cara, no se ponían polvos de arroz ni se pintaban los labios, y hablaban, al parecer, con el mismo agrado al hombre guapo y rozagante que al tipo sucio abandonado y casi repulsivo.

No se notaba en ellas ese sentimiento de delectación de las francesas, italianas o españolas, viejas o jóvenes, solteras o casadas, cuando charlan con un hombre guapo, que se convierte en molestia disimulada por las formas cuando están delante de un hombre desagradable.

Estas estudiantonas rusas despreciaban la belleza, tal preocupación les parecía sin duda lo bajamente femenino. Vera sufría entre ellas oyendo sus disertaciones sabias y sus disquisiciones sociológicas.

---

[16] *Sic,* con minúscula; también en la 1.ª edición.

V

LA PEDANTERÍA EN LOS DESVANES REVOLUCIONARIOS

En poco tiempo, Vera Petrovna fue amiga íntima de Sacha.

Sacha podía considerarse como rica al lado de Vera; la pensión de quinientos francos mensuales que la pasaba su padre era una verdadera fortuna entre aquellos estudiantes. Vera vivía en Carouge, un barrio industrial de Ginebra, a orillas del Arve, y pagaba noventa francos al mes por la casa y la comida. Le quedaba una cantidad insignificante para los demás gastos. Los libros se los daba, o sino [17] se los compraba, el doctor Leskoff, el amigo de su padre, que tenía un hijo que acababa de cursar la carrera de medicina con gran aprovechamiento y era *privat-docens* [18] en la Facultad.

A Vera no le gustaban sus compatriotas, los encontraba insoportables, siempre discutiendo cuestiones de ética y sociología; a ella, en cambio, la encantaba hablar de amores, de trajes, de joyas.

Sacha se reía de las ingenuidades de su amiguita.

Algunos sábados tenían tertulia en la pensión de Vera. Realmente eran tristes estas reuniones en donde unos cuantos estudiantes, hombres y mujeres, se ener-

---

[17] *Sic,* en lugar de *si no;* también en la 1.ª edición.
[18] Categoría equivalente a catedrático interino.

vaban hablando constantemente de la sociedad futura y del porvenir de Rusia, no interrumpiéndose más que para tomar té.

Vera se aburría; algunas veces había propuesto cantar, bailar, pero los estudiantes consideraban estas diversiones aburridísimas, desprovistas de interés, y volvían con entusiasmo a discutir sus sueños políticos y sus utopías irrealizables.

Generalmente, aquellos estudiantes y estudiantas llevaban una vida muy monótona. A fuerza de leer y no vivir habían perdido la noción de la realidad, sus ideas provenían de los libros, sin base, sin comprobación en la vida.

Este irrealismo era la característica general de todos ellos.

Los distintos estudios de los unos y de los otros hacían que aquellas disertaciones fueran un verdadero pandemoniun, de una incoherencia perturbadora; tras de una exposición de las últimas teorías acerca de las neuronas y del tejido nervioso, se hablaba del radium y después de un punto de derecho político o de germanística. Las cosas más heterogéneas se mezclaban en sus elucubraciones, produciendo la mezcolanza más disparatada e indigesta.

Estos estudiantes pobres de las pensiones de Carouge se reunían para vivir dos o tres en un cuarto; una mujer guisaba para ellos un plato de carne, de legumbres o de kascha al mediodía y ya no tomaban nada más que por la noche pan y té.

Si alguno tenía una habitación más grande, los demás se metían en ella y pasaban el día constantemente reunidos. Se leían libros y revistas en voz alta, y terminada la lectura se dedicaban a hacer comentarios.

Muchas de las pensiones de rusos del barrio de Carouge eran pequeños falansterios [19], en donde hacían la vida en común hombres y mujeres.

---

[19] Edificio que en el sistema del socialista utópico Fourier habitaba cada una de las falanges en que dividía la sociedad. Baroja lo utiliza

A pesar de eso, había entre ellos pocos conflictos amorosos. Sus preocupaciones y sus hábitos no se prestaban a que cayesen en las redes del pequeño Cupido. La pobreza, la mala alimentación, el fanatismo político e ideológico era tan intenso[20], que les consumía todos los momentos y todas las fuerzas del espíritu. Vivían esperando un santo advenimiento, y para ellos el sueño era la verdadera realidad.

Aquel ambiente de idealismo, de optimismo apasionado, borraba las asperezas del carácter y no les dejaba ser mal intencionados o envidiosos.

El defecto general era la pedantería y la tendencia doctrinaria.

Sobre todo, las muchachas admiraban a los hombres cuanto más dogmáticos, más intransigentes y más pedantes se manifestasen.

Entre los hombres que conoció Sacha había algunos oscuros, torpes; otros, como Nicolás Leskoff, el hijo del amigo del padre de Vera, se distinguía por su inteligencia clara y fuerte.

Leskoff, hijo, era un joven anguloso, de cara ancha, juanetuda[21] y dura, la mirada llena de inteligencia y viveza y el pelo rubio.

Entre los contertulios de Vera se le tenía por reaccionario, pero los que le conocían bien aseguraban que era positivista empírico, enemigo de toda metafísica.

Uno de los muchachos que tenía más admiradores entre rusos y rusas era un joven suizo, de familia judía, llamado Ernesto Klein. Estudiante aprovechado de filosofía, discípulo predilecto del profesor Ornsom, cuando hablaba tenía pendiente de sus labios al auditorio.

---

aquí con el significado extensivo de «alojamiento colectivo para numerosa gente» que recoge el DRAE como segunda acepción.

[20] *Sic,* en lugar de *eran tan intensos;* también en la 1.ª edición.

[21] DRAE: «que tiene juanetes, abultamientos en el arranque del dedo grueso del pie». Obviamente, aquí se emplea en sentido figurado para referirse a una cara angulosa en la que los huesos se marcan bajo la piel.

Los amigos de Vera llevaron a Sacha a visitar al profesor Ornsom. Este profesor era de esos tipos de judío alemán y ruso, hábiles intrigantes que van haciendo su carrera y escalando posiciones.

La característica del profesor Ornsom era la sociología lírica, el optimismo humanitario y apasionado. Este divo de la sociología era escuchado como un oráculo por aquellos rusos perturbados, enfermos de exaltación sentimental.

Era doloroso y triste ver al profesor cuco [22] y farsante barajando sus estadísticas y sus datos, cantando el esfuerzo revolucionario entre aquellos estudiantes llenos de fe, de los cuales algunos habían expuesto su tranquilidad y su vida.

Sacha y Vera hablaron a Leskoff de su visita a casa de Ornsom. Leskoff manifestó poca simpatía por el profesor. Afirmaba que era un intrigante, un arrivista [23] que no vacilaba en emplear cualquier medio indelicado para ir avanzando en su carrera.

Leskoff era anti-semita, un anti-semita con un punto de vista antropológico. Consideraba que la actividad judía tenía por fin destruir toda concepción elevada y noble y sustituirla por el internacionalismo comercial y el capitalismo.

Sacha no quería aceptar las ideas de Leskoff y discutía con él. Le molestaba el anti-semitismo del joven médico; también le molestaba que se riera de las ilusiones de los exaltados, que soñaban con transformar rápidamente y como por arte de magia un imperio tan vasto y tan heterogéneo como Rusia.

---

[22] Empleado en el sentido figurado y familiar de «taimado y astuto, que ante todo mira por su medro o comodidad»; cfr. más adelante empleado en femenino en una acepción que no recoge el DRAE.

[23] *Sic,* por *arribista;* en otras ocasiones aparece escrito correctamente.

VI

EL MAESTRO IMPACIENTE

Sacha y Vera no podían perder mucho tiempo en visitas y en discusiones; tenían que estudiar, tenían que engolfarse en sus lecturas y trabajar mucho si querían obtener algún resultado.

Vera lloraba a veces de desesperación al notar que no adelantaba apenas, y que después de leer y releer varias páginas no llegaba a fijar nada en la memoria.

Vera iba a estudiar en compañía de Sacha. Su cuarto de la pensión de Carouge era muy triste y no le gustaba estar en él.

A Vera se le ocurrió, a mitad del curso, pedir auxilio al joven Leskoff para que les diera explicaciones y les aclarara algunas cosas que no comprendían bien. Nicolás Leskoff tomó la costumbre de ir después de cenar a casa de Sacha, charlaba un rato en la mesa, tomaba una taza de té y después daba a las dos muchachas una lección de anatomía y de fisiología.

Leskoff era de una gran inteligencia, sabía simplificar, coger el fondo de las cuestiones, dar en una cuartilla de papel el esquema de una cosa suprimiendo detalles.

Si la comprensión de Leskoff era grande, no así su paciencia; muchas veces manifestaba enfado y mal humor al ver la lentitud en darse cuenta de las cosas de Sacha y de Vera.

A Leskoff no le parecía bien que las mujeres estudiasen en la forma acostumbrada.

—Yo comprendo —decía— que obligar a una muchacha a estudiar en unos meses todo lo que se ha investigado en una ciencia en miles de años, es un disparate. Es lógico, y me parece bien, que haya mujeres médicas para las enfermedades de mujeres y de niños, pero es absurdo querer hacerlas sabias.

—¿Por qué? ¿Por qué no hemos de ser sabias? —preguntaba Sacha un poco indignada.

—¡Qué sé yo! Me parece que no están ustedes organizadas para eso.

Sacha sacaba a relucir a su paisana Sofía Kovaleskaya[24], la célebre matemática profesora de Estokolmo, a la polaca madame Curie[25], a María Bashkitseff[26] y a tantas otras conocidas en las ciencias y en las artes. Leskoff no negaba el talento de ésta o de la otra mujer, pero en conjunto no consideraba el sexo de gran capacidad científica, política o artística.

La idea sustentada por Leskoff acerca de las mujeres indignaba a Sacha. Ni su amabilidad, ni su simpatía por ella eran bastante para hacerle olvidar aquella opinión, poco halagüeña, acerca del sexo débil.

A Vera no le preocupaba gran cosa que Leskoff afirmara la escasa capacidad científica de las mujeres y coqueteaba con el joven doctor, pensando, sin duda, que sería más cómodo y agradable casarse con un médico y dejar al marido el trabajo de ganarse la vida que no concluir la carrera y tener que ir ella misma a ejercerla a un rincón apartado del mundo. Leskoff se preocupaba

---

[24] Matemática rusa (1850-1891) que estudió la teoría de las ecuaciones en derivadas parciales.

[25] María Sklodowska (1867-1934), científica polaca, Premio Nobel de Física por el descubrimiento, en colaboración con su marido, del radio.

[26] Pintora y escritora rusa (1860-1884), quien constituye para Romero Tobar, según se ha apuntado en la introducción, una prefiguración del personaje de Sacha.

bastante más de Sacha que de Vera; a ésta la tenía por una chiquilla y la trataba así.

Sacha veía que el joven médico y maestro se iba prendando de ella, pero no le podía perdonar ni su impaciencia cuando veía que sus discípulas no le comprendían todo lo rápidamente que él pretendía, ni su desdén por las mujeres sabias.

Aquella tendencia al mal humor de Leskoff le parecía odiosa.

Sacha trabajaba todo lo posible para no ver el ceño de impaciencia que se dibujaba en la frente del maestro, cuando después de explicar tres o cuatro veces una misma cosa, veía que no le había entendido.

Sacha comenzaba a creer que su superioridad científica le costaba demasiados trabajos y se le iba atragantando y haciendo un tanto desagradable.

En Rusia había considerado el estudio de la medicina como un medio, como algo casi religioso para llegar a un fin evangélico.

Allí, en Ginebra, esta idea apostolar no tenía ambiente. A los profesores no sólo no les preocupaba la política y las ideas socialistas, sino que la misma práctica de la medicina la miraban con desdén. Si había entre ellos algún misticismo, era el de la ciencia por la ciencia; lo demás no tenía importancia.

Sacha comprendía que este concepto no era de esos que pueden encarnar en un temperamento de mujer y lo aceptaba con muy poco entusiasmo.

Por las mañanas, Sacha, después de bañarse, tomaba la bicicleta e iba a clase.

Estas[27] mañanas, de Ginebra, cuando hace buen tiempo, son verdaderamente encantadoras. El aire puro parece del campo, la atmósfera no se halla enturbiada como en la ciudad; todo es claro, luminoso, oreado, a orillas de este espléndido lago de Leman.

Los domingos por la mañana, Sacha y Vera, más

---

[27] Véase la nota 19 del Prólogo.

elegantes que de ordinario, iban a la plaza Molard a comprar flores y a oír la música.

Leskoff algunas veces se atrevía a juntarse con ellas e intentaba borrar con palabras amables la impresión que dejaba por las noches de profesor adusto y serio. Sacha y Vera, por su elegancia, constituían el elemento aristocrático entre los estudiantes rusos; ir con ellas los domingos por la tarde, en el paseo, o por la mañana, en la plaza Molard, era una prueba de distinción.

A Sacha, que no tenía preocupaciones aristocráticas, no le molestaba gran cosa andar acompañada de alguno de aquellos compatriotas, estudiantes desastrados y melenudos; pero, en cambio, a Vera le fastidiaba bastante el verse al lado de tipos bohemios y harapientos.

Un estudiante ruso de enorme estatura provocaba, sobre todo, el disgusto de Vera. Se llamaba Pedro Afsaguin y era hijo de un pope de una aldea próxima a Moscou.

Sacha le conocía de Rusia. Afsaguin había sido uno de los instigadores del movimiento de 1905. Preso por la policía y encerrado en la cárcel de Pedro y Paulo[28] durante varios meses, pudo huir con una audacia extraordinaria cuando lo conducían deportado a Siberia.

Afsaguin era casi un gigante, cargado de espaldas, pesado, con ojos azules cándidos, la cara de niño, la nariz de kalmuco[29], el pelo de azafrán, la barba dorada naciente y la sonrisa ingenua.

Afsaguin solía llevar un gorro negro y un abrigo blanco de sportman, ya un poco raído y estropeado por el uso. Estaba empleado de mecánico en un garage[30]. Sacha tenía cariño a aquel muchachote grandullón porque sabía que era un hombre de un gran espíritu, capaz en algunos momentos de desarrollar una energía salvaje.

---

[28] Véase más arriba, nota 15.

[29] *Calmuco,* según el DRAE: «natural de cierto distrito de la Mongolia»; en el texto parece designar a una nariz grande y chata.

[30] *Sic,* por *garaje.*

En cambio [31], Vera no le hacía ninguna gracia ir al lado de este gigante mal vestido.

Pensaba que a su lado parecía más pequeña y que les quitaba a Sacha y a ella, cuando les acompañaba, todo aspecto elegante y refinado.

Afsaguin era como la representación de la estepa en medio de la civilización occidental.

Los domingos lluviosos, Vera iba desde por la mañana a casa de su amiga, comía en la posesión [32] de madame Frossard y pasaba allí todo el día. Solían recibir las dos algunas visitas de compatriotas.

Por la tarde, Vera, en un cazo y con la maquinilla de alcohol, se dedicaba a hacer compotas y dulces para tomar con el té. Todas las cosas de azúcar le encantaban. Decía muchas veces, provocando una cómica protesta de Sacha:

—Creo, la verdad, que tengo más condiciones para cocinera que para médica.

---

[31] *Sic*, sin preposición.

[32] *Sic*, por *pensión;* obviamente se trata de una errata, que no aparece en la 1.ª edición.

VII

LA ENEMISTAD CELOSA

Ernesto Klein, el discípulo predilecto del profesor Ornsom, era también uno de los que acompañaban con frecuencia a Sacha y Vera.

Klein se distinguía en el paseo por su amabilidad y por lo vario y ameno de su cultura; todas las facultades superficiales y brillantes de los judíos; sabía dar interés a los asuntos, contar anécdotas, barajar los últimos términos científicos, aplicarlos con audacia y seducir a quien le oía.

Al notar que Klein se acercaba con frecuencia a Sacha, Leskoff lo consideró como un rival. Este ruso áspero, fuerte, no sabía dominar sus impresiones: tenía en el fondo un gran desprecio por aquel pequeño suizo sonrosado, a quien veía bullir en la Universidad y en reuniones socialistas. Rápidamente, los dos hombres se sintieron hostiles; Leskoff de una manera ruda, clara, violenta; Klein de un modo solapado y tortuoso.

La admiración que tenía Sacha por el talento del médico la comenzó a minar Klein hábilmente.

La falta de sensibilidad demostrada por Leskoff en la práctica de vivisecciones en su laboratorio de fisiología; su indiferencia por las doctrinas emancipadoras del socialismo; su inclinación por la teoría darwiniana, que le inducía a no creer en el milagro revolucionario; todo esto lo explotó Klein hasta desarrollar en Sacha el germen de antipatía que tenía ya por el médico, y hacer ver a sus ojos la figura del rival completamente odiosa.

Leskoff, por su parte, desdeñaba decir nada de Klein, pero hablaba con desprecio de los judíos, afirmando que moral y materialmente tenían rasgos que los separaban de los europeos.

—Pero hay gente que vale mucho entre ellos —decía Sacha.

—¿Quiénes?

—Brandes[33], Lombroso[34], Bergson[35]...

—Todo eso no es más que la mala literatura que se ha acreditado a fuerza de reclamos —replicaba Leskoff.

A Sacha le parecía poco humano el anti-semitismo del médico y le ofendía profundamente. En Rusia todos los liberales revolucionarios habían seguido el proceso Dreyfus[36] y eran entusiastas partidarios del capitán judío acusado de traidor. Sacha era también muy dreyfusista y consideraba el anti-semitismo como una secta de reaccionarios furiosos. Leskoff, a pesar de su anti-semitismo, no era reaccionario; tenía la preocupación de las razas como la puede tener un ganadero o un albéitar[37], y la raza judía le parecía sospechosa. Él aseguraba que conocía a los judíos por la curva de la nariz, por cierta manera de levantar el labio al reír, y por otra porción de indicios orgánicos y espirituales.

---

[33] Georges Brandes (1842-1927), un crítico danés defensor de la estética naturalista.

[34] Cesare Lombroso (1836-1909), penalista y antropólogo italiano defensor de la teoría del criminal nato en su libro *El hombre delincuente.*

[35] Henry Bergson (1859-1941), filósofo francés y Premio Nobel de Literatura; sus teorías sobre la percepción subjetiva de la temporalidad tuvieron gran influencia en escritores como Marcel Proust.

[36] Alfred Dreyfus (1859-1935), oficial del ejército francés, víctima de un injusto proceso y cuya rehabilitación consiguieron un grupo de intelectuales encabezados por Zola, que aglutinó la oposición a la fuerte corriente antisemita que dominaba en la sociedad francesa.

[37] Arabismo, designación antigua del veterinario.

Al llegar la época de los exámenes, Sacha y su amiga salieron bien de la prueba y fueron las dos juntas hasta la frontera rusa.

Sacha pasó tres meses en el campo con su padre y su hermano, pero no estuvo a gusto. Savarof había reñido con Garchín y éste ya no se presentaba en la casa. El general y su hijo no hacían más que beber, disputar, montar a caballo. Llevaban una vida salvaje.

El momento de preocupación política y moral de Savarof había pasado y de él no quedaba rastro.

Sacha tenía que estar constantemente sola o entre las criadas; no podía hablar con nadie de lo que constituían sus preocupaciones habituales.

Cuando tomó de nuevo el tren para volver a Ginebra y se acordó de su hermoso cuarto blanco de la pensión de madame Frossard, se alegró, no como el que vuelve a la escuela, donde tiene que trabajar y estudiar, sino como el que se escapa de ella.

VIII

PEQUEÑO JUDÍO, PEQUEÑO SUIZO[38]

Ginebra, la ciudad nueva, ha aislado a la Cité, a la ciudad vieja, y la ha aislado rodeándola, enquistándola.

Esta antigua ciudad sombría y austera, al lado de un lago tan bello y riente como el lago Leman, debía de ser en otro tiempo extraña, algo como un contraste de las malas intenciones del hombre frente a la bondad de la Naturaleza[39].

La Cité de Ginebra es un conjunto de calles tortuosas y estrechas, que van escalando con su caserío una colina en cuyo vértice se asienta la catedral.

Estas calles angostas, torcidas, silenciosas, tienen escaleras, rinconadas, alguna que otra plazoleta en donde hay una fuente.

Las fachadas sórdidas, negras y grises, de estas casas antiguas presentan sus ventanas cerradas; en ellas sólo alguna vieja de mirada llena de suspicacia aparece de-

---

[38] Este capítulo funciona como una pausa descriptiva en el desarrollo de la historia, justificada por la ausencia de Sacha de Ginebra; ese paréntesis narrativo lo aprovecha el narrador para llevar a cabo un completo retrato del personaje de Ernesto Klein, que abarca incluso el ámbito ginebrino donde éste reside.

[39] La visión negativa que el narrador tiene del personaje de Klein determina esta descripción enormemente subjetiva de la ciudad vieja de Ginebra, en cuanto espacio donde se desarrolla la vida de aquél.

trás de un cristal y observa al que pasa haciendo como que no le ve.

Se conservan todavía en el interior de la ciudad antigua, pequeñas industrias, pequeños cafés con cortinillas blancas, confiterías, imprentas, encuadernaciones...

En una de aquellas callejuelas, la calle Farel, antiguamente llamada de los Filósofos, cerca de la capilla de los Macabeos, tenía su casa y su taller de imprenta y encuadernación el padre de Ernesto Klein.

Era una casa de piedra, vieja y negra, de dos pisos además del bajo; con tres balconcillos en el principal y unas ventanas estrechas en el segundo.

En el bajo había una tienda con su puerta de cristales, que servía de entrada a la casa, y un escaparate pequeño con algunos libros y calendarios.

En el letrero se leía: *Klein, impresor.*

Penetrando por la puerta se pasaba a la tienda, bastante oscura y sombría. En el fondo estaba el taller del padre de Klein. El taller era un cuarto grande, muy bajo de techo, con una vidriera, por la que entraba la escasa claridad que podía llegar de la calle de los Filósofos; el papel de la pared, viejo y desgarrado, estaba cubierto de anuncios y de calendarios; en medio había una mesa grande, donde trabajaba el viejo Klein con dos obreros y un aprendiz.

El taller comunicaba por un pasillo con un patio encristalado, y el patio con otro cuarto en donde había una máquina de imprimir antigua y varias cajas de imprenta.

Allí se había publicado un periódico de agricultura y el almanaque ginebrino. En ciertas épocas, dos o tres cajistas trabajaban a la luz de unos quinqués de petróleo.

El padre de Klein era un viejo judío venido de Francfort, de barba blanca y venerable aspecto. Según decía, procedía, por su madre, de una antigua familia española de Toledo.

Klein, padre, sabía algo de castellano, y el hijo, por respeto a la tradición familiar, lo había aprendido en la

Universidad hasta perfeccionarse en su empleo y conocer admirablemente su literatura.

El viejo Klein llevó a Ernesto al liceo desde niño y no escatimó gastos en él. Verdad es que algunos decían que el impresor era más rico de lo que aparentaba.

Ernesto Klein fue uno de los mejores alumnos de la Facultad de Filosofía. A los veintitrés años, ya doctor, entró a dar clase en un colegio y comenzó a escribir artículos en periódicos y revistas, lo mismo en francés que en alemán, pues dominaba los dos idiomas a la perfección.

Durante algún tiempo ayudó a su padre en el almanaque ginebrino y la revista de agricultura que se publicaba en la imprenta de su casa, hasta que comprendió que el viejo le explotaba, y dejó de trabajar para él. Ernesto era de gustos tranquilos y burgueses; a pesar de pertenecer a la agrupación socialista y de darse como partidario de las soluciones más radicales, tenía un gran fondo de conservador y un deseo ardiente de alternar con la alta burguesía ginebrina.

Generalmente, el que siente el prestigio de la aristocracia es así; considera la de su pueblo y la de su país superiores a todas las demás.

La aristocracia calvinista de Ginebra, aunque exteriormente tiene el aspecto de una burguesía bien acomodada, no sólo no es asequible al advenedizo, sino que se muestra más impenetrable que la aristocracia católica y decorativa de los países arcaicos.

Cierto que esa mesocracia no ofrece al exterior nada de agresiva, ni de insultante, ni alardea de su riqueza ni de su fausto; pero esto no es obstáculo para que por dentro se conserve el espíritu de casta con toda su irreductible intransigencia.

A pesar del aspecto moderno y sonriente de la Ginebra actual, que es principalmente la ciudad nueva, a pesar de la amabilidad y sencillez de su vida, hay todavía allí los cimientos de una sociedad rígida y austera.

Los que conocen las antiguas familias de la Cité, aseguran que las tradiciones sombrías de Calvino se conservan puras entre los habitantes de aquellos viejos hoteles.

De vez en cuando se trasluce claramente la austeridad y la rigidez de la sociedad ginebrina. No hace aún muchos años que el Papa quiso elevar a Ginebra a la categoría de sede apostólica y nombrar para ella un obispo. El pueblo, sobre todo la clase pudiente, protestó. ¿Por odio al catolicismo, que tenía sus iglesias en Ginebra con la aquiescencia general?

No; la razón era que no quería que se restablecieran oficialmente las pompas romanas, que podían influir de una manera perniciosa en la moral de la ciudad.

En aquel ambiente recogido, impenetrable para el arribista, Ernesto Klein comprendió que había que buscar otros medios de encumbramiento, y comenzó a relacionarse con la colonia extranjera, sobre todo con la rusa[40].

No tenía por los rusos muchas simpatías; la hostilidad y las vejaciones del gobierno del czar[41] contra los judíos, le hacían a Ernesto poco rusófilo; además de esto, la mayoría de los rusos le parecían gente de poca distinción.

A pesar de su desprecio por los rusos, Klein sabía que entre aquellas muchachas que iban a estudiar a Suiza, sobre todo después de la Revolución, solía haber algunas hijas de aristócratas, con grandes fortunas en el campo.

Para relacionarse con la colonia rusa a Klein le convenía aparecer como socialista exaltado; luego tendría ocasión, si era necesario, de hacer las evoluciones indispensables para transformarse en un buen burgués.

Durante toda la semana, Klein trabaja preparando las lecciones para explicarlas en el colegio. Los domingos,

---

[40] El narrador muestra un conocimiento interior del personaje inverosímil si tenemos en cuenta cuál es su fuente de información. Véase al respecto todo el capítulo siguiente.

[41] *Sic,* en otros lugares *Zar.*

las tardes lluviosas y tristes del otoño y del invierno, constituían para él momentos felices.

Entraba en el café de la Corona, leía los periódicos franceses y alemanes, mientras saboreaba una taza de café y una copa de coñac, y después jugaba a las cartas con los amigos.

La señorita del mostrador, una muchacha muy bonita, distinguía a Klein con su amistad; él, al entrar, la saludaba y le daba la mano, pero no quería galantearla, no estaba dispuesto a perder el tiempo en amores poco transcendentales.

Pasadas las primeras horas de la tarde del domingo en el café, Klein se marchaba en el tranvía a Carouge a ver a sus amigos rusos. Allí, en el salón de una de aquellas pensiones, discutía y peroraba con fuego.

Con su gran sentido práctico, Klein no hablaba para exponer sus ideas, sino principalmente para perfeccionarse en el idioma ruso.

Como buen judío, no le gustaba entregarse a disquisiciones metafísicas basadas en lo futuro, sino que quería que todo le reportara alguna utilidad.

IX

ESA LUZ EN EL HORIZONTE DE LA JUVENTUD

Al volver de nuevo a Ginebra, después de sus vacaciones, Sacha se encontró con la sorpresa de que Ernesto Klein la cortejaba. Sacha pensó que la ausencia había producido en el joven filósofo una exaltación amorosa.

El comprobar la naciente pasión de Ernesto produjo en la rusa una impresión agradable.

Hay indudablemente para la juventud en el horizonte de la vida algo luminoso como una vía láctea: el amor, la ilusión, la promesa de la felicidad.

Al pasar los años, esa misma vía láctea pierde su brillo y su esplendor y nos parece un camino que no lleva a ninguna parte, una agrupación de necesidades incoherentes que se desarrollan en el vacío sin objeto y sin fin [42].

Sacha se engañó en absoluto con respecto a los sentimientos de Klein. El joven doctor en filosofía no había sufrido esa transformación frecuente con la ausencia; el motivo de su apasionamiento era otro.

Ernesto había hablado durante el verano varias veces con Afsaguin, el ruso gigantesco, y Afsaguin le pintó a Sacha como mujer rica, de gran familia, como una ver-

---

[42] Una más de las múltiples reflexiones intercaladas por el narrador en la que se pone de manifiesto el pesimismo vital de Baroja.

dadera boyarda[43]. Tenía tierras, propiedades, molinos, bosques. Afsaguin quería, sobre todo, hacer resaltar el mérito de Sacha, que, a pesar de su posición privilegiada, estaba afiliada en las huestes revolucionarias.

Klein, al comprender que una rica heredera había pasado a su lado y la había dejado escapar, se desesperó.

Varias veces preguntó por Sacha en la pensión, pero allí no sabían lo que haría la señorita Savarof.

—No sé lo que decidirá Sacha —dijo a Ernesto Klein madame Frossard—; quizá vuelva, quizá no. Hay que contar con la volubilidad de estos caracteres.

Klein estaba de acuerdo con madame Frossard en considerar como infantiles y volubles a los rusos.

Cuando volvió Sacha a Ginebra y la encontró Klein de nuevo en la calle, la satisfacción, la posibilidad de realizar el plan propuesto, le dejó turbado. Sacha notó su turbación y quedó sorprendida.

Ernesto se mostró amabilísimo con ella, le hizo mil preguntas acerca de su familia y la convidó a tomar el té en una pastelería.

Al despedirse de Sacha y marcharse a su rincón de la calle de los Filósofos, el pasante del colegio se veía hecho un gran señor ruso, vigilando sus haciendas, disponiendo los cultivos en sus propiedades, enseñando a los *mujicks*[44] a manejar las maquinarias modernas, que ellos con su cerebro de orientales no podían comprender.

Ernesto quería perder de vista cuanto antes aquella callejuela estrecha, sin luz, aquel taller de su padre que olía a engrudo y a tinta rancia de imprimir. Nada de dar lecciones en el liceo a una colección de estúpidos muchachos que a veces se burlan de uno, no; una vida amplia, hermosa, llena de jugo, antipedagógica, se presentaba ante él.

---

[43] Designación de los señores feudales rusos.
[44] Palabra rusa con el significado de «campesino».

Klein tenía ese sentido práctico de los judíos, más grande en ellos aún que en las demás razas meridionales, y comprendió pronto la manera de ser de Sacha.

La fue apartando poco a poco de sus estudios.

¿Para qué envejecer y entristecerse sobre los cadáveres y los atlas de anatomía? —decía—. ¿Para qué averiguar tantas enfermedades y tantas miserias, cuando la vida sana y fuerte muestra su ubre llena de esencia vital y cuando la juventud sonríe?

—Dejemos los libros empolvados, las calaveras y los hospitales; riamos al sol en estas hermosas tardes de otoño —agregaba Klein, echándoselas de bohemio.

Sacha le escuchaba. ¡Es tan fácil seguir al que promete la felicidad sin esfuerzo!

Muchas veces los dos iban a pasear por la Treille, a contemplar sus jardines y sus terrazas llenas de flores. El sol dorado del crepúsculo brillaba en las cristalerías de los antiguos hoteles de la Cité; los árboles del paseo de los Bastiones iban despojándose de sus hojas amarillas y mostrando sus troncos negros por entre su ramaje desnudo.

Reinaba en la Treille una calma y una melancolía profunda en las tardes otoñales. Enfrente, marcaba en el horizonte azul su lomo blanco de nieve el monte Saleve.

Klein recitaba con fuego versos de Heine y de Goethe y poesías de Verlaine.

Sacha escuchaba con éxtasis.

Un día Ernesto llevó a Sacha a casa de sus padres. El viejo Klein y su mujer daban la impresión de buena gente, sencilla, franca, que vivía oscuramente en su hogar modesto y venturoso.

Sacha permaneció algún tiempo en el taller, sentada, viendo trabajar al padre de Ernesto, que estaba haciendo una labor de cuidado, poniendo panes de oro en una encuadernación.

Por la ventana de guillotina entraba un último rayo de

sol, y en la calle una mendiga tocaba en un organillo de mano aquella melodía de *Mignon,* de Thomas:

Connais-tu le pays
ou fleurit l'oranger? [45]

y Sacha creía encontrarse en un mundo de sueño, en el taller de algún viejo artífice de la Edad Media.

[45] Canción de la ópera *Mignon* del compositor francés Ambroise Thomas (1811-1896); el tema de la canción es la nostalgia por los países meridionales.

X

LA ALEGRÍA DE LA NOCHE DEL SÁBADO

Algunas noches, sobre todo los sábados, Klein iba a buscar a Sacha y a Vera y las acompañaba al teatro.

Con frecuencia, las dos amigas preferían corretear por Ginebra y recoger en las calles la impresión de fiesta y animación de la noche del sábado.

Uno de estos días de asueto fueron los tres a la Cité. De los cafetines y tabernuchas salían sonidos de acordeón; en alguno de aquellos rincones se oían las patadas de gente menestral que bailaba torpemente.

Subieron por una calle con escaleras a la plaza de San Pedro. Dieron vuelta a la iglesia, y luego se sentaron en un banco que rodeaba un grueso tronco de árbol. La noche de marzo estaba húmeda y tibia.

Pasaron por la calle de los Filósofos y se detuvieron delante de la casa de Klein. Una luz brillaba en la ventana.

—El viejo se está acostando —dijo Ernesto.

—¿Quién?

—Mi padre.

—¿Es su casa de usted? —preguntó Vera.

—Sí.

—¡Qué bonita!

—Sí, de noche parece muy bonita y muy romántica.

Es una casita de teatro, da ganas de cantar delante de ella, como en *Fausto:*

Salve demeure
chaste et pure[46].

Pasaron por la calle de Calvino. Enfrente de la casa del despótico reformador, celebraban alguna boda con un baile. Un torrente de luz salía por los balcones y alumbraba la lápida blanca de la casa frontera.

Allí, según dijo Klein, había vivido el sombrío dictador de Ginebra.

Cruzaban las parejas por delante de los cristales a los acordes de un vals de Strauss.

—Si viviera Calvino y viera esto, cómo se desesperaría —dijo Sacha.

Vera no había oído hablar de Calvino, pero dijo que si era un hombre a quien no le gustaba el baile, ya lo encontraba antipático.

Klein dijo que Calvino era tan severo que a un joven que envió versos a su amada le mandó azotar sólo por eso, y a dos novios que se habían besado yendo en una lancha por el lago Leman, los hizo colgar juntos cabeza abajo.

—¡Qué canalla! ¡Qué bandido! —exclamó Vera—. ¿Y ese hombre era de Ginebra?

—No, era francés, puede usted estar tranquila —dijo Klein—. A pesar de eso, aquí se le tiene por una gloria de la ciudad.

—¡Vaya una gloria! —dijo Vera con desenfado.

—Cerca de aquí vivió también Juan Jacobo[47] —añadió Klein—, ¿habrá usted oído hablar de él, señorita Vera?

—Yo, no.

---

[46] Estribillo de un aria de la ópera *Fausto* de Gounod.

[47] Obviamente, Rousseau, quien vivió una parte de su vida en Ginebra.

—¿Pues éste era gran partidario de los enamorados?[48]

Sacha aseguró que ella no comprendía el mérito de Juan Jacobo. Había pedido el *Emilio* en la biblioteca de la Universidad al oír decir que era un libro revolucionario, pero al leerlo le pareció una cosa insulsa y aburrida, como el sermón de un predicador.

Klein tenía un gran respeto por Juan Jacobo y explicó los méritos del célebre escritor y filósofo a las muchachas.

Luego, los tres juntos bajaron hacia el Ródano. Entraron por pasadizos estrechos y callejones, a cuya entrada brillaban faroles de color, indicadores de la existencia de burdeles.

Precedidas por Klein, Sacha y Vera se internaron en uno de aquellos pasadizos oscuros que bajaban hacia el río. Estas hendiduras entre dos casas, en parte se hallaban cubiertas, en parte no. A los lados tenía poternas claveteadas y ferradas, escalerillas agujeros negros, bocas de otros corredores iluminadas por un farol verde.

Sacha y Vera sintieron miedo y se estrecharon una contra otra.

Desde una ventana, una voz femenina y ronca gritó en francés: «Habéis perdido el camino.»

Viendo que los llamados no se detenían, repitió la advertencia en alemán.

Sacha, Vera y Klein salieron cerca del Ródano, y al volver por el puente hacia casa se encontraron con Leskoff. El ruso las saludó foscamente; no quería sin duda pararse, pero Vera le llamó, Klein y Leskoff no se miraron siquiera.

Vera le dijo a Leskoff que iba a ir en su compañía hasta tomar el tranvía de Carouge.

—Está bien —dijo secamente el médico.

---

[48] *Sic,* con interrogación; obviamente se trata de una errata que aparece también en la 1.ª edición.

Vera y Leskoff se despidieron, y Klein acompañó a Sacha hasta su casa.

Sacha sentía perder un amigo como Leskoff. Klein quiso demostrar que no había notado la actitud huraña del ruso, y habló con volubilidad. Luego, volviéndose, mostró a Sacha el aspecto de Ginebra, iluminado en aquel momento por la luz de la luna, con sus grupos de chimeneas como pólipos nacidos en los tejados.

Se veía la silueta de la catedral, con sus dos torres y su aguja delgada en medio.

En el lago se reflejaban las luces de los faroles del puente, y el agua palpitaba llena de puntos luminosos.

XI

EL 1 DE MAYO[49]

Klein se presentaba ante Sacha como un socialista entusiasta; ella también creía serlo, y acudía a todas las conferencias y reuniones que se daban con este carácter.

El 1 de mayo decidieron Sacha y Klein ir en la manifestación de los trabajadores. Vera se unió a ellos, aunque advirtió varias veces que no sentía ninguna simpatía por las personas mal vestidas; pero, en fin, puesto que iba Sacha, iría también ella.

El punto de cita de los manifestantes era el Grand Quai, frente al Jardín Inglés.

Sacha, Vera y Klein estuvieron contemplando cómo se formaba la comitiva. Iban llegando algunos obreros en grupos con el estandarte de la asociación a que pertenecían. Las sociedades suizas venían casi todas con su charanga a la cabeza; más que agrupaciones obreras parecían orfeones preparándose para marchar a una fiesta de aldea, pastoril y campestre.

Cada grupo se formó por separado; entre ellos, el más

---

[49] Tanto este capítulo como el siguiente suponen una nueva pausa narrativa; su función es la de caracterizar el ambiente mediante la presentación de escenas y tipos que conforman el espacio de esta parte de la historia. No obstante, el narrador aprovecha para intercalar los prolegómenos de una de las historias secundarias: la de las peripecias sentimentales de Vera.

numeroso era el de los socialistas rusos. Serían lo menos trescientos o cuatrocientos. Estaban todos los estudiantes de la colonia. La biblioteca de la Universidad se había vaciado en el muelle.

Al frente de todos se colocó Afsaguin con otro muchacho casi tan alto como él, que llevaba un cartelón con un letrero escrito en francés con letras negras, que decía: «Grupo socialista ruso.»

Vera, Sacha y Klein entraron entre sus compatriotas agarrados del brazo.

La manifestación se puso en marcha por el puente. Casi al mismo tiempo comenzó a llover.

Aquella procesión tenía un aire verdaderamente triste. No había ni un policía para vigilarla, y esta misma indiferencia por parte de las autoridades le quitaba toda agresividad.

De pronto Pedro Afsaguin, destacándose con su estatura enorme por encima de todos, volvió la cabeza hacia atrás para dar una señal; se sacó la gorra y empezó a cantar un himno revolucionario. Los demás se descubrieron y le acompañaron en el canto. Era una marcha fúnebre en honor de las víctimas de la revolución rusa.

Hacía un efecto extraño ver el fervor de aquella gente que iba cantando recibiendo la lluvia en la cabeza descubierta.

Más que un acto político parecía una ceremonia religiosa. Tenía también algo de símbolo de fraternidad humana. Al lado de las caras anchas, sonrosadas, de ojos azules y de nariz informe de los Grandes Rusos, se veían los perfiles de cuervo de los judíos y de los orientales. Estos tipos de mirada siniestra y de caracteres de raza trabajada por los sufrimientos y las miserias, parecían más negros, más tristes en presencia de los otros de aspecto infantil y embrionario.

Al entrar en el parque de recreo de Carouge, donde terminaba la manifestación, dos o tres vendedores comenzaron a repartir lacitos rojos, que los manifestantes se fueron poniendo en el ojal, y unas mujeres comenzaron a vocear con voz chillona un periódico anarquista.

El teatro estaba lleno. Sacha, Vera y Klein, viendo que no podían entrar, se sentaron en el jardín a una mesa.

—¿Quieren ustedes tomar algo? —dijo Klein.

—Yo, no —contestó Sacha.

—Yo tengo sed —dijo Vera—; bebería una copa de champagne.

—Pues mandaremos traer una botella —indicó Klein.

—No haga usted caso —replicó Sacha—, ésta es una tonta.

—¿Por qué tonta? La bebería, tengo ese capricho.

Klein pidió al mozo una botella de champagne. El mozo trajo la botella y tres copas.

Al lado de Vera, en la mesa próxima, había una pareja de estudiantes desconocidos, probablemente forasteros. Él era un muchacho muy alto, afeitado, con los ojos azules y la melena rubia dorada; ella, una mujer de la misma edad que el joven o quizá algo más, de cara cuadrada, ojos grises con un brillo de acero, la expresión aguda e inteligente.

El muchacho alto y rubio estuvo mirando cómo el mozo servía el champagne a sus vecinos.

—¿Qué, tiene usted envidia? —le preguntó de pronto Vera—. Si quiere usted, le daré mi copa. ¿No es hoy día de fraternidad universal?

—Muchas gracias, señorita —dijo el joven riendo—. Hemos pedido nosotros un ligero almuerzo y estamos esperando a que nos lo traigan.

Fraternizaron los dos jóvenes con Sacha, Vera y Klein, y se presentaron unos a otros, y se sentaron en la misma mesa. El joven alto se llamaba Juan Semenevski; su mujer, Xenia Sanin.

Estos dos jóvenes rusos, ambos de San Petersburgo, se habían conocido en París, donde estudiaban y se habían casado e iban a trasladarse a Berlín. Escribían ella y él en varios periódicos y revistas rusos.

Semenevski daba la impresión de un hombre escéptico y amable, indolente y lánguido; su mujer parecía muy dominadora y enérgica. Sin duda, de los dos, era ella la que mandaba. La mayor parte del público de la manifestación, sentado a las mesas, se dedicaba en aquel momento a comer y a beber.

Semenevski comentaba burlonamente la actitud de los unos y de los otros.

Un maestro de niños, un viejo de melenas blancas, había plantado en el suelo un palo con un cartel, en donde se leía: «Escuela de Libre Pensamiento», y jugaba alrededor con los chicos al corro.

—Traer a estas cosas a los chicos, me parece desagradable —dijo Semenevski.

—¿Por qué? —preguntó su mujer.

—¿A ellos qué les importan las cuestiones entre el capital y el trabajo?

—¿No les llevan los religiosos a las procesiones?

Semenevski no contestó, quizá pensando que no valía la pena discutir; después se puso a charlar con Vera, y dijo que iba a celebrar una interviú con ella, porque estaba comprendido que era la única que tenía ideas personales acerca de la cuestión social, y sacó un lápiz y un cuaderno y comenzó a hacer preguntas a la muchacha.

Vera, animada por el paseo y el champagne, estuvo muy graciosa y ocurrente, y dijo una porción de ingenuidades y de frases felices, que celebraron todos.

Mientras almorzaban y bebían champagne, se acercó un señor de melenas, que dejó en la mesa una hoja antimilitarista escrita en francés y en italiano, y una invitación para una conferencia ácrata que se celebraba por la noche en la sala Handwerck.

—¿Iremos? —dijo Semenevski.

—Iremos —repuso Vera.

—¿Vamos a ir? —preguntó Sacha.

—¿Por qué no?

—Yo les acompañaré a ustedes —añadió Klein.

Quedaron de acuerdo en que Klein les iría a buscar después de comer.

—Veo con gran disgusto —dijo Semenevski a Vera— que los anarquistas no le producimos a usted ningún terror; nos mira usted sin espanto.

—¡Ah! ¿Pero es usted anarquista?

—Por lo menos me figuro serlo.

—¿Y usted pensaba asustarme a mí?

—Tenía esa ilusión, señorita.

—Pues nada; a pesar de que usted es tan alto, me parece usted un chico a quien hay que llevar a la escuela.

XII

UNA CONFERENCIA LIBERTARIA

La sala Handwerck se hallaba en las afueras de Ginebra, delante de una gran explanada. Era un local hecho para espectáculos variados, de esos edificios *yankees* con aire de barraca de feria, que lo mismo sirven para bolsa de carbón, para cinematógrafo, para almacenes de bacalao o para decir misa.

Sacha, Vera y Klein siguieron a los que entraban en el local y penetraron en un sitio que parecía un café, y se sentaron. El mozo se acercó a ellos, les preguntó si querían un bock[50] u otra cosa; pidieron el bock, y se quedaron bastante sorprendidos al ver que se descorría una cortina y salía al escenario un hombre vestido de soldado francés, que cantaba, con las manos metidas en los bolsillos, una canción acerca de los efectos del rancho.

Klein, extrañado, preguntó al mozo qué era aquello, y el mozo dijo que la conferencia ácrata se celebraba en el salón de arriba. Unos escalones solamente separaban el escenario donde se cantaban los efectos digestivos del rancho del escenario donde se explicaban los efectos de la Revolución Social.

Realmente la sala Handwerck era un edificio pedagó-

[50] Jarra de cerveza; palabra alemana.

gico y filosófico, porque al acercar el rancho a la dinamita y lo cómico a lo terrible, hacía pensar sin querer en la seriedad de las cosas grotescas y en lo grotesco de las cosas serias.

Subieron los tres por la escalera a una sala del piso alto, con varias filas de butacas.

Los primeros a quienes vieron sentados fueron a Semenevski y a su mujer. Semenevski fumaba la pipa, entornando los ojos adormecidos; Xenia leía un periódico.

Había entre los espectadores un hombre que parecía un antropoide, con unas barbas rojas deshilachadas, la nariz corta, los labios belfos, las cejas muy pronunciadas y unos anteojos de lentes muy gruesas. En un parque zoológico se le hubiera tomado por un gorila.

Hablaba con él Afsaguin, a quien se le conocía de lejos por su gorra de pelo encasquetada y su gabán blanco de *sportman*[51].

Afsaguin se acercó a Sacha e hizo un elogio caluroso de su simiesco amigo, de quien dijo que era un verdadero ruso y un verdadero socialista.

Como este elogio en boca de Afsaguin se había convertido en un lugar común constante, no hicieron del amigo mucho caso.

Había en la sala dos jovencitas casi iguales, vestidas las dos con traje negro y boina. Las dos muchachas, por lo que dijo Afsaguin, vivían íntimamente con el mismo hombre sin reñir. Eran libertarias; Afsaguin consideraba esto como un gran mérito; en cambio, a Vera le pareció muy mal y dijo que las dos eran horriblemente *degouttantes*[52].

Semenevski rió silenciosamente de la repugnancia de Vera, y pidió luego a Afsaguin más detalles de los concurrentes.

El gigantesco ruso dio informes de muchas personas

---

[51] *Sic,* en cursiva ahora.
[52] *Sic,* en lugar de *degoûtantes;* también en la 1.ª edición.

que se encontraban allí, hasta que se levantó el telón. Entonces, apresuradamente, para no perder palabra, se fue a la primera fila de butacas.

Salieron al escenario dos jóvenes vestidos de negro, los dos pálidos, flacos, y cantaron unos himnos muy tristes y lánguidos; luego apareció el señor de barba y melenas, que por la mañana repartía la hoja antimilitarista en el *Stand* de Carouge, y presentó al público el conferenciante [53], el camarada Bertonni.

El camarada Bertonni era un hombre alto, flaco, vestido de negro, de cara larga y expresiva, la nariz recta, los ojos profundos, la barba rala. No llevaba corbata ni cuello de camisa.

Al verle avanzar hacia las candilejas varios aplaudieron, otros entonaron a coro algunos compases de *La Internacional.*

Bertonni comenzó su conferencia. Hablaba en un francés seco, claro; se explicaba de una manera sencilla y exacta. Al principio hizo una exposición muy pesimista del estado intelectual y moral de los países europeos; luego, indignándose por momentos al señalar las iniquidades de los Gobiernos, empezó a lanzar anatemas furibundos contra las clases directoras, a predicar el sabotaje y la propaganda por el hecho, y a dar puñetazos en la mesa.

En este momento de furor del conferenciante, en el que aparecía como un energúmeno, las luces eléctricas oscilaron como asustadas y concluyeron por apagarse.

—Esos canallas de burgueses —dijo uno— quieren sumirnos en la oscuridad.

—Luz, luz —gritaron varios.

—Luz y Revolución Social —exclamó la voz de Afsaguin.

Llevaron un quinqué de petróleo al escenario y Bertonni pudo seguir su conferencia. De pronto, oscilaron de nuevo las luces y volvieron a brillar.

---

[53] *Sic,* en lugar de *al conferenciante;* también en la 1.ª edición.

La conferencia comenzó a aburrir a los espectadores. Las dos muchachas, que según Afsaguin vivían con el mismo hombre, habían comprado dulces y folletos anarquistas que se vendían a la puerta de la sala y comían y leían con indiferencia.

Salieron de la sala, Sacha, Vera, Klein, Semenevski con su mujer y Afsaguin con el amigo de los anteojos.

Afsaguin estaba entusiasmado con el camarada Bertonni. Le hubiera gustado a él —dijo— verle discutir a aquel hombre con los aristócratas y los Grandes Duques rusos; tenía la seguridad de que los apabullaría al momento.

Semenevski inició la sospecha de que quizá los aristócratas y los Grandes Duques no querrían discutir con el camarada.

—No podrían —afirmó Afsaguin con fuego; y después de expresar su opinión se fue con su amigo de aspecto gorilesco.

—¡Qué hombre! —dijo Semenevski—. La verdad es que este entusiasmo ruso es algo magnífico, de una generosidad inaudita. Qué poco se parecen nuestros paisanos a los revolucionarios franceses, que por muy socialistas y anarquistas que sean, siempre son unos buenos burgueses, desconfiados y prácticos.

—Yo no encuentro nada que admirar en esta clase de tipos —dijo Vera.

—Es que usted está ya influenciada por el corrompido Occidente —contestó Semenevski, riendo—. Yo también lo he estado; pero ahora voy recobrando mi nacionalidad rusa. Después de vivir cinco años en París me encuentro entre mis paisanos como en un sueño, como si hubiera vuelto a la niñez. Es admirable.

—No sé por qué —dijo Vera.

—¿Qué quiere usted? A mí me encanta un entusiasmo así, una candidez, una fe tan grande en todo. La verdad es que entre nosotros la inteligencia y la nariz están por formar. ¡Qué tipo este Afsaguin! ¡Qué maravilloso! No hay cosa que no le parezca extraordinaria, interesantísima. Esas muchachas que usted juzga *degouttantes* son también muy curiosas. Deben venir del campo. No tienen idea de toda la fuerza del pasado, de toda la pesadumbre de la tradición, y se figuran, leyendo esos folletos, que una transformación en la sociedad es tan fácil como un cambio de lugar en los muebles de su cuarto.

—Pero mujeres que piensan así tienen que ser estúpidas —replicó Vera—. Eso es absurdo.

—Sí, es absurdo; pero hay que convenir en que sólo una raza como la nuestra, llena de ilusión, de candidez, puede dominar el porvenir. En el fondo, todo ese mundo occidental con su civilización complicada, está ya seco, muerto. No tiene más que egoísmo y vanidad. El porvenir es para nosotros los rusos.

Vera miró a Semenevski sospechando si en sus palabras habría algo de ironía; pero no, en aquel momento hablaba en serio, con efusión entusiasta.

Echaron a andar por la explanada, y al final de ella se separaron en dos grupos; Semenevski, su mujer y Vera fueron hacia Carouge y Klein acompañó a Sacha hasta la pensión.

XIII

EL ENCANTO DE LAS COSAS

Un día Sacha recibió una carta de Leskoff. Le confesaba que había tenido una verdadera inclinación por ella; pero que al ver su desvío había podido ejercer bastante fuerza en sus pensamientos para dominar su inclinación.

Después le decía que, fríamente, sinceramente, considerándola como a una amiga, creía que no había hecho una buena elección con Ernesto Klein, no porque Klein fuera hombre malo, ni vicioso, ni de dudosa moralidad, sino porque era un temperamento opuesto al de ella, por instinto, por hábito, porque era el tipo de la ciudad pequeña y cominera, con las preocupaciones y los gustos de un buen burgués.

Aunque no tenía autoridad para ello, ni pensaba ya pretenderla en ningún caso, le aconsejaba que estudiara su situación espiritual lo más tranquila y serenamente posible. Por último, de parte de su padre y suya, le rogaba que se negara a llevar a Vera a diversiones y a teatros. Esta muchacha no era rica, y la única solución de su vida consistía en concluir la carrera cuanto antes.

Sacha quedó impresionada y turbada con la carta. Muy ofendida en el fondo contestó a Leskoff, diciéndole que le daba las gracias por sus advertencias y consejos.

Realmente, Sacha no sabía si estaba o no enamorada

de Ernesto. Suponía que no tenía una gran pasión, porque no se sentía capaz de ninguna heroicidad ni pensaba en realizar cosas extraordinarias.

Si el aumento de la energía humana es la característica de la pasión, ella podía dudar de sentirla; pero si el amor es melancolía, dulzura, tristeza nostálgica, entonces sí estaba enamorada.

Sacha no temía que su pretendiente fuese un hombre mezquino e insignificante, como insinuaba Leskoff; esto le parecía imposible; lo que temía era que en sí misma no hubiera brotado la verdadera pasión.

Ernesto, que comprendía las vacilaciones de su novia, la empujaba hábilmente por el camino del romanticismo; Klein se las echaba de bohemio, de hombre a quien no preocupaba el día de mañana y Sacha no notaba la mixtificación. Muchas tardes de buen tiempo tomaban los dos un bote e iban a pasear por el lago. Aquella decoración espléndida influía fuertemente en Sacha. A lo lejos, el monte Blanco aparecía como una inmensa cantera de mármol, los barcos pasaban con sus grandes velas triangulares; cerca de los muelles, los cisnes iban en bandadas, y al pie de los pilares de los puentes se reunían flotando las gaviotas.

Sacha se dejaba llevar por el encanto de la Naturaleza y por el encanto de las palabras.

Hay en el amor, como en todo lo que se expresa con labios humanos, una retórica hábil y artificiosa que da apariencias de vida a lo que está muerto y aspectos de brillantez a lo que es opaco.

Es una mentira que a la luz de la ilusión tiene el carácter de la verdad; es una mentira que se defiende con cariño.

¿Para qué rascar en la purpurina? ¿Para qué analizar el oropel? Cuando la mentira es vital se defiende con entusiasmo la mentira, que casi siempre es más útil que la verdad.

Muchas veces, después de una larga conversación amorosa, Sacha dejaba el remo y miraba distraída el agua. En algunas partes, al entrar los rayos de sol, se veían las rocas del fondo; en otras, el líquido sobre el que flotaban era de tal profundidad, que no llegaba a distinguirse más que una sombra negra como de una caverna.

—Así iremos también por la vida —pensaba Sacha—, indiferentes a los abismos que vamos cruzando, hasta que caigamos en uno de ellos.

Klein le parecía a Sacha bueno y afectuoso. Pensaba que llegaría a enamorarse de él apasionadamente.

Por la primavera, Sacha y Ernesto decidieron casarse y alquilaron un hotelito en las afueras y comenzaron a amueblarlo.

XIV

LA BODA

Vera exigió que Sacha aplazara su matrimonio hasta que ella hubiese terminado sus exámenes y estuviese libre.

La boda se celebró, sin ninguna ceremonia, en la alcaldía. Se invitó a Vera, a Afsaguin, a Semenevski y a su mujer. Sacha quería que sus suegros fueran a la fiesta; pero Ernesto afirmó que era mejor dejar la comida de familia para otra vez.

Hacía un tiempo tan hermoso que decidieron, de común acuerdo, tener un día de campo e ir con los amigos a divertirse como colegiales en vacaciones.

Afsaguin propuso ir al monte Salete a ver el mar de bruma; Semenevski observó que esos panoramas de montaña dan una impresión triste y poco en armonía con el regocijo obligado de una boda.

—¿Habla usted por experiencia propia? —le preguntó Vera.

—Sí.

—Entonces, ¿qué hacemos? —dijo Klein.

—Yo —contestó Semenevski— iría a almorzar a algún pueblecillo de la orilla del lago.

—Entonces, vamos a Coppet —dijo Klein.

—Eso es, y de paso veremos la casa de madame Staël[54] —añadió Semenevski.

Se aceptó por unanimidad y se acercaron a tomar el vapor en el Jardín Inglés. Afsaguin advirtió que no estaría de más avisar por teléfono en un restaurante de Coppet para que preparasen el almuerzo.

—Es una idea luminosa. Afsaguin es un genio —grito Semenevski—. En este momento le ha inspirado la musa...

—Sí, la musa de la alimentación —dijo Vera.

—Es usted muy malvada —replicó Semenevski—; si no fuera usted tan bonita sería usted insoportable[55].

Se siguió el consejo de Afsaguin y se telefoneó a Coppet.

Mientras esperaban el vapor, Sacha deshizo el grueso ramo que llevaba y fue dando flores a todos. Afsaguin puso dos rosas rojas en su gorro, Klein un ramito de hierbas en el sombrero, Semenevski una gardenia en el ojal. Sacha, Vera y la mujer de Semenevski se colocaron un ramillete de flores en el pecho.

La gente del vapor les miraba sonriendo. El más elegante de todos era Semenevski, con su traje de terciopelo, sus polainas hasta la rodilla, su sombrero ancho y su gabán al brazo.

Hacía un día espléndido, el cielo estaba claro, el lago azul.

Al llegar a Coppet, un gendarme vestido de distinta

---

[54] Anne Louise Germaine Necker (1766-1817): escritora francesa cuyo papel en la difusión del romanticismo alemán por Europa fue fundamental. En su residencia suiza de Coppet, adonde se retiró desterrada por Napoleón, se daban cita los más importantes escritores europeos. (Tanto en la 1.ª edición como en ésta Baroja omite sistemáticamente los dos puntos sobre la *e*.)

[55] Obsérvese la corriente de simpatía que se va estableciendo entre Semenevski y Vera, personajes que en algunos momentos de este capítulo y de los dos siguientes centran la atención del narrador hasta el punto de dejar relegada a la protagonista.

manera que en Ginebra, por pertenecer Coppet a otro cantón suizo, apareció en el embarcadero.

Desembarcó la alegre caravana y atravesaron el pueblo, un pueblo de juguete, a orilla del lago. Entraron en el pequeño restaurante a almorzar y se sentaron a la mesa, ya preparada. Sacha estaba seria y algo pensativa. El porvenir se presentaba ante ella como una interrogación, y este grave pensamiento le arrastraba y le sugería recuerdos lejanos de la infancia.

Ernesto Klein se manifestaba decidor y alegre y lleno de solicitud por su mujer. Semenevski, Vera y Afsaguin charlaron por los codos. Vera se mostró muy graciosa y ocurrente, Afsaguin le dirigió galanterías de oso blanco, que fueron recibidas desdeñosamente, lo que produjo la risa general. Vera tenía la tendencia de acercarse a Semenevski, a quien llamaba Juan Ivanovich, porque se había enterado de su nombre y apellido patronímico, le pinchaba, le decía cosas desagradables para sacarle de su pasividad habitual, y él contestaba con su aire soñoliento, devolviendo los golpes por piropos y galanterías, que a veces ruborizaban y confundían a la estudianta.

A los postres, mientras Vera, Semenevski y Afsaguin bromeaban, la mujer de Semenevski, Klein y Sacha se pusieron a hablar seriamente de cuestiones de economía doméstica. Después de brindar repetidas veces por la felicidad de los recién casados y de tomar café, fueron, como quería Semenevski, a visitar el palacio de madame Staël.

Afsaguin contó a Semenevski y a Vera cómo el domingo anterior había ido a Ferney a ver la casa de Voltaire[56] y no le dejaron entrar; cosa que indignaba al joven ruso, pero todavía le indignaba más el pensar que la tapia del jardín estaba erizada de pedazos de vidrio de botella, para que nadie pudiese asomarse a mirar.

---

[56] Voltaire, al igual que Rousseau, pasó una parte de su vida en Suiza, en la mansión de Ferney, adonde se retiró en 1755 tras su ruptura con Federico II de Prusia.

XV

LA CASA DE MADAME STAËL

Llegaron al hotel de madame Staël, y una mujer, la guardiana, les dijo que no se encontraba la casa preparada para recibir visitas, pero podían pasar.

Les enseñaron primero la habitación de madame Staël y el retrato de Gerard[57]. Aquella sargentona romántica, autora de *Corina,* no debía ser precisamente la Venus de Milo, a juzgar por su retrato. Con sus cejas pobladas, su talle corto y sus labios gruesos, daba la impresión de una mujer ordinaria. El pintor, para darle un aire carnavalesco, le había encasquetado un turbante amarillo.

Vera encontró completamente *degouttante* a la ilustre escritora.

Después pasaron a la biblioteca, con sus balcones que dan al lago. Sobre las consolas se veían los bustos de Buffon[58], de Necker[59] y de Schlegel[60].

La guardiana dijo que allí los amigos e invitados a las

---

[57] François Gerard (1770-1837), pintor neoclásico francés.

[58] Seudónimo de George Louis Leclerc (1707-1788), naturalista francés y uno de los redactores de la *Enciclopedia.*

[59] Jacques Necker (1732-1804) era el padre de Mme. Staël y fue ministro de Luis XVI.

[60] Augusto Guillermo Schlegel (1767-1845), uno de los teóricos principales del romanticismo alemán, fue visitante asiduo de la mansión de Mme. Staël.

reuniones de madame Staël solían representar las tragedias de Voltaire.

Semenevski y Klein habían leído las tragedias de Voltaire y explicaron su argumento.

—Sabe usted mucho, Juan Ivanovich —le dijo Vera a Semenevski con su aire impertinente.

—Ya ve usted. Tiene uno sus méritos.

—Pues nadie diría que es usted un sabio.

—¿Por qué?

—Porque tiene usted cara de niño zangolotino.

—No me considere usted tan niño, no me vaya a caer y tenga usted que tomarme en brazos. Sería para usted un problema.

—¿Lo dice usted porque soy chiquita?

—No; lo digo porque yo soy muy grande. Usted tiene bastante estatura para ser una mujercita encantadora.

—Muchas gracias, Juan Ivanovich. Me aturde usted con sus galanterías.

Después de visitar la biblioteca les llevaron a la habitación de madame Recamier, una alcoba muy cuca [61], que tenía en medio una cama de madera barnizada y pintada con flores y pájaros del paraíso.

Semenevski le dijo a Afsaguin confidencialmente que había datos para sospechar que la Staël tenía tendencias sáficas a favor o en contra de la Recamier [62], y el gigantesco, al oírlo, hizo grandes aspavientos y se echó a reír.

—¿Qué es? —preguntó Vera.

—Nada —dijo Semenevski—; son cuentos tártaros que no debe usted conocer hasta quince días después de su matrimonio.

—¡Bah! —replicó Vera con desdén—; ¿a una estudianta de medicina le vienen ustedes con esos secretos?

---

[61] Con el significado de «linda», «mona», no registrado en el DRAE.

[62] Mme. de Recamier, esposa de un banquero miembro del grupo de Mme. Staël.

—La explicación íntegra se la dejamos a su futuro marido —contestó Semenevski.

—Qué tontos son ustedes los hombres y qué farsantes. Se creen ustedes muy maliciosos y ¡psé!, una mujer les da cien vueltas si quiere.

—Sí; no digo que no —replicó Semenevski.

—No decimos que no —añadió Afsaguin.

Salieron de la casa al parque inglés, falsamente natural, como todo lo ideado y pensado por los discípulos de Rousseau.

En las avenidas de este parque, madame Staël discutía con Benjamin Constant[63], con Schlegel y con Sismondi[64].

Semenevski había leído en una revista francesa una narración de la vida que hacían allí en Coppet la gruesa madama y sus amigos, y contó una porción de detalles a Vera y a Pedro Afsaguin, que le oían con gran interés.

La ilustre escritora había estado enamorada durante mucho tiempo de Benjamin Constant, a quien llegó a importunar. Aquella rolliza madama era un volcán; a los cuarenta y ocho años, prendada de un oficialito francés herido en España, lo había llevado a Coppet, y para seguir las prácticas de la literatura de la época se había casado con él en secreto.

Después habló Semenevski de la hostilidad entre la Staël y Napoleón, y de la frase de éste a Fouché[65].

—Decid a madame Staël —había dicho el Emperador— que se quede tranquila en su lago Leman; si no, la mandaré echar de allí por la gendarmería.

La frase la dijo Semenevski en francés, Afsaguin, al oírla, se torció de risa.

---

[63] Benjamin Constant (1767-1830), novelista francés, autor de *Adolphe,* aunque más conocido por su labor política como teórico del liberalismo.

[64] Simonde de Sismondi (1773-1842), economista y escritor, era otro de los asiduos a las tertulias de Mme. Staël.

[65] Joseph Fouché (1759-1820), ministro de la Policía con Napoleón y luego con Luis XVIII.

—¡*Par la gendarmerie!* —repetía el ruso; y cada vez que volvía a decir la frase sentía una nueva explosión de risa.

A Vera no le hizo ninguna gracia la cosa. Encontraba que Napoleón era un bruto al tratar así a una señora, y que los que celebraban esa frase eran tan brutos y tan groseros como él.

Afsaguin y Semenevski quedaron callados haciéndose los cariacontecidos. A pesar de esto, Afsaguin miraba a Semenevski de reojo y volvía la cara para que no le vieran reírse.

Cuando se cansaron de Coppet fueron todos a Hermance, un pueblecito más próximo a Ginebra.

XVI

A LA VUELTA

Entraron en un café de Hermance y se sentaron en la terraza a orillas del lago. Merendaron y dejaron a Sacha y a Klein hablar a su gusto.

Afsaguin propuso un paseo en lancha, pero hacía frío; Vera dijo que lo que debían hacer era meterse en el billar y jugar una partida. El vapor salía para Ginebra a las siete.

Se aceptó la idea de jugar y jugaron, Semenevski, Vera y Afsaguin contra Klein, Sacha y la mujer de Semenevski. Vera quiso hacer trampas en los tantos; Semenevski le ayudaba, pero Sacha y la mujer de Semenevski protestaron. Cuando llegó el vapor dejaron los tacos y fueron al embarcadero. El viento traía ráfagas frías impregnadas de lluvia. Sacha, que llevaba poca ropa, comenzó a temblar. Klein le dio su gabán para que se envolviera en él.

—Yo también tengo mucho frío —dijo Vera.

Semenevski se quitó el gabán y lo puso en los hombros de la muchacha con cuidado. Ella sonrió y dio las gracias.

El gabán era tan largo que le arrastraba por el suelo, y Vera, andando de un lado a otro, se enredaba los pies.

—Afsaguin, usted que es soltero, vaya de paje de esta señorita —dijo Semenevski—. Llévele usted la cola.

Afsaguin se acercó riendo; pero Vera no le quiso aceptar de paje, dijo que era un oso demasiado feo para paje suyo. Semenevski y Klein azuzaron a Afsaguin, pero el gigantesco ruso no se atrevía con Vera.

Había comenzado a nublarse. Hacia el lado del monte Blanco brillaba el sol y se veía el inmenso anfiteatro de montañas nevadas, con sus crestas puntiagudas y sus aristas brillantes.

Al anochecer, el lago tomó un color plomizo, cesó el viento y comenzó a arreciar la lluvia. Afsaguin cantó canciones que había oído a los marineros del Volga.

Cuando llegaron a Ginebra caía un furioso chaparrón.

Decidieron de común acuerdo cenar juntos, y entraron en uno de los hoteles más próximos al lago.

La cena fue un poco melancólica; se habló de Rusia y de la vida del campo, de los recuerdos de la infancia, y estas evocaciones de la tierra lejana fueron para todos tristes menos, naturalmente, para Klein.

Estaba lloviendo a mares; por los cristales del balcón se veía el lago, brillando como un metal fundido, estremeciéndose con las gotas de agua. Más lejos se reflejaban las luces eléctricas de los puentes y entre ellas se destacaba un faro azul.

Después de cenar acompañaron todos a los novios a su casa.

Vera, al despedirse, se colgó al cuello de Sacha y la abrazó y la besó repetidas veces.

Sacha estaba conmovida y se le saltaron las lágrimas.

Cuando dejaron a los recién casados volvieron Semenevski y su mujer, y Afsaguin y Vera hacia Carouge.

Había cesado de llover. La noche estaba estrellada, magnífica.

De pronto, Afsaguin se detuvo y murmuró:

—Semenevski. ¡Eh!

—¿Qué pasa?

—Napoleón a Fouché... *Par la gendarmerie* —y Afsaguin tuvo que pararse retorciéndose de risa.

XVII

EL AMOR Y LA LITERATURA[66]

La luna de miel no fue tan extraordinaria como esperaba Sacha. La literatura ha hecho creer a los hombres y a las mujeres que en determinadas circunstancias se desarrollan en ellos fuerzas espirituales que les llevan a las alturas de una felicidad inefable.

La palabrería literaria ha dado aire a esta idea, y para justificarla se ha inventado la psicología femenina.

Efectivamente; nada mejor para explicar una cosa problemática que inventar otra tan problemática y darla como indiscutible.

Es el procedimiento de todas las sectas religiosas.

La afirmación de los milagros producidos por las pasiones es un dogma defendido con fe por los poetas y novelistas.

Este dogma ha pasado al vulgo.

Para darle apariencia de verdad, los escritores han inventado la psicología femenina.

Toda la psicología de los psicólogos de la mujer está basada en la oscuridad, en la incoherencia y en la con-

---

[66] El capítulo incluye una larga digresión del narrador, en su habitual tono escéptico, sobre la psicología femenina y sobre la influencia de la literatura en la acuñación de ideas estereotipadas, que sirve para dar cuenta del proceso de desencanto que comienza a producirse en Sacha tras su boda. Frente a la irrelevancia funcional de los anteriores, este capítulo tiene un peso considerable tanto por lo que se refiere a la historia principal (comienzo del desencanto de Sacha) como a la secundaria, que da cuenta de las peripecias sentimentales de Vera.

tradicción. Se explica lo oscuro, lo incoherente y lo contradictorio, con lo contradictorio, lo incoherente y lo oscuro. En la ciencia se considera como axioma: De nada, nada; en la literatura se supone: De nada, algo.

Las contradicciones buscadas y amontonadas artificialmente, hacen la mujer del psicólogo. Éste parece decirse: Hagamos que una mujer sea buena y mala, sensual y casta, amable e impertinente, seca y sentimental; coloquemos estas contradicciones e incoherencias en un fondo de oscuridad, y ya tenemos la mujer que necesitamos.

Luego la mujer de la realidad, al verse retratada así, busca el modo de parecerse a ese modelo enigmático.

Por medio de este *Deux ex machina*[67] de la psicología femenina, la mujer puede parecer en su reflejo literario una caja de sorpresas.

La idea es falsa, pero a veces divertida. Claro que en el fondo ni en el hombre existe algo más que lo humano, ni en la mujer algo más que lo femenino. ¿Pero qué nos cuesta creer que hay más? A veces, la incoherencia de los sentimientos femeninos da una impresión de complejidad, de sutileza, de abismo oscuro y misterioso; pero la oscuridad y el misterio se notan en la Naturaleza, no en lo intelectual, en lo sutil, en lo que se llama psicológico, sino al contrario, en lo instintivo, en lo que se considera como orgánico, como fisiológico.

Si la psicología femenina fuera lo que nos cuentan los psicólogos de la mujer, necesariamente tendrían psicología las bailarinas, las cupletistas, las mujeres de harem, las que más se acercan al animal lascivo y caprichoso; en cambio, las mujeres inteligentes no la tendrían. Paralelamente, en el hombre la psicología sería exclusiva de los chulos, de los bailarines y de los *apaches*[68].

Este chulillo o esta mujer de burdel, odia o quiere,

---

[67] Expresión latina empleada para designar la solución de un conflicto dramático mediante la intervención inesperada de un elemento ajeno a la dinámica interna de la fábula.

[68] Individuo de los bajos fondos de París y, por extensión, de las grandes ciudades.

martiriza o se deja martirizar. ¿Por qué lo hace? No lo sabemos. El misterio, la oscuridad, aumentan cuanto más se hunde en lo fisiológico, en lo inconsciente; cuanto más se aleja de lo intelectual.

En una mujer inteligente, las impresiones son más claras, menos contradictorias que en una mujer instintiva.

Sacha, que tenía la mentalidad formada por la literatura, dudaba de su amor.

Sacha no quedó completamente ilusionada con la luna de miel; el amor de Ernesto no despertaba en ella las energías extraordinarias que esperaba; quizá Klein no era el hombre para ella, quizá tenía razón Leskoff...

Las ideas literarias están tan arraigadas, que han llegado a formar parte de nuestra naturaleza. Las mujeres y los hombres tienen como un compromiso de honor el afirmar el misticismo y la lucidez de la pasión, considerando que sin ella los hombres no se diferencian gran cosa de los gorilas, idea después de todo absurda, porque los gorilas indudablemente se enamoran; a lo que no llegan, al menos por ahora, es a resolver ecuaciones de segundo grado.

A principios de junio, los recién casados hicieron un viaje de boda. Era la primavera en todo su esplendor, en el calendario, pero no en el ambiente. Sacha y Ernesto recorrieron Suiza entre chaparrones y granizadas; estuvieron en Alemania, en Heidelbeg, en Nuremberg, en Bayreuth. Después, como hacía frío en Alemania, bajaron a la Costa Azul, donde llovía con una constancia un poco desagradable [69].

Al mes de salir de casa volvieron a Ginebra; Sacha creía conocer a Klein; era un hombre trabajador, egoísta, algo mediocre, que le tenía afecto.

La amenidad con que al principio cautivaba al que le oía, era el resultado de un repertorio de anécdotas y de frases que producían efecto hasta que era conocido. Klein no tenía la originalidad profunda que viene del carácter.

Esta pequeña desilusión influyó poco en Sacha. Las

---

[69] La lluvia continúa estando presente como leit-motiv.

mujeres, en general, no cotizan el ingenio de los hombres. Sacha le quería a Ernesto; no era el gran amor, pero sí lo bastante para considerarse feliz.

Al volver a Ginebra, Sacha encontró a Vera diferente, cambiada; estaba sombría y abatida.

No tardó mucho en averiguar la verdad. Vera se había enamorado de Semenevski y Semenevski acababa de marcharse con su mujer de Ginebra.

Sacha, al darse cuenta de la intensidad, de la fuerza de entusiasmo de su amiga, quedó asombrada. Aquella era la pasión salvaje, sin freno, de una naturaleza exuberante y primitiva.

Allí el análisis no había ido corroyendo poco a poco las energías; allí la inclinación terca, voluntariosa, tenía toda su fuerza y su arrebato.

Los consejos y las advertencias no servían de nada.

Vera contó a Sacha las fases de su pasión, que no eran muchas; por un contraste absurdo se había enamorado de un hombre como Semenevski, muy simpático, muy amable, pero sin voluntad, dominado por su mujer, que le traía y le llevaba como a un chico.

Vera tenía demasiada juvenil exuberancia para que la idea de la honra y de los derechos legales pesara sobre ella, y se decidió a la acción sin vacilaciones.

Escribió a Semenevski; él la contestó amablemente, tratando de echarlo todo a broma; ella volvió a escribir insistiendo y le habló con claridad.

La mujer de Semenevski se dio cuenta de lo que pasaba y llamó a Vera para hablar con ella.

La entrevista de las dos mujeres fue violentísima. La mujer de Semenevski creía habérselas con una chiquilla, pero se encontró con una leona.

Ninguna de las dos quería tener en cuenta los derechos legales; la más fuerte se llevaría al hombre.

En este primer encuentro, la mujer de Semenevski vio en Vera un enemigo formidable, y asustada, y valiéndose de la influencia que tenía sobre su marido, le obligó a dejar inmediatamente Ginebra.

Vera perdió así la partida y se entregó a la desesperación.

XVIII [70]

POR EL DERRUMBADERO

Durante más de un año, después de casada, vivió Sacha en Ginebra. Había llevado a su casa a Vera e intentaba distraerla, acompañarla y rodearla de atenciones y de cuidados.

Cuando Sacha quedó embarazada, Vera pudo devolverle todos sus cuidados y atenciones. En esta época de su embarazo, Sacha se transformó, padeció un sentimentalismo morboso; al nacer su hijo, una niña, creyó despertar de un sueño.

Vera seguía estudiando medicina, y Leskoff, a pesar de que no tenía simpatía por Klein, iba con frecuencia a casa de Sacha y hablaba con ella y con Vera.

Año y medio después de su boda, Sacha recibió un telegrama de Moscou, en el que le decían que su padre acababa de morir en el campo. Era indispensable que Sacha y su marido partieran para Rusia. Sacha supuso que necesitarían mucho tiempo para arreglar las cuestiones de la herencia, y decidió abandonar el hotel donde vivía.

Su primera preocupación fue Vera; no era cosa de dejarla ir de nuevo a la mísera pensión de Carouge.

---

[70] Capítulo también de un gran peso en el desarrollo de la historia por la cantidad de sucesos que se acumulan; compárese la velocidad del relato con el ritmo detenido y moroso de los precedentes.

Habló a madame Frossard, y ésta prometió reservar para la amiga el mismo cuarto coquetón que había ocupado Sacha cuando era estudiante. Vera pagaría igual cantidad que en Carouge, y la diferencia la abonaría Sacha.

La despedida de las dos amigas fue tristísima.

Sacha, Klein y la pequeña Olga, de pocos meses, se dirigieron a Moscou. Klein estaba deseando llegar a Rusia, ver las propiedades de su mujer y apreciar su valor. Tenía también gran ilusión por escribir en los periódicos de Ginebra y de Basilea, donde colaboraba, sus impresiones acerca de la vida y del campo moscovita. Llevaba una porción de libros para tomar datos.

El primer tropiezo de Klein fue la censura que recogió sus libros, aunque con la promesa de enviárselos a su casa después de examinarlos.

La segunda complicación fue el hermano de Sacha, Boris.

Éste se había considerado en vida de Savarof como el dueño absoluto de todo, y no se avenía a compartir el mando con nadie. Era hombre rústico, poco galante, brutal, acostumbrado a andar entre campesinos. Los otros dos hermanos de Sacha, el militar y el diplomático, se presentaron en la casa, asistieron a la lectura del testamento del padre, y los dos se pusieron a favor de Sacha y en contra de Boris, que pretendía, sin más motivo que su capricho, disponer de todo como único propietario.

Boris, al verse derrotado por sus hermanos, afirmó que no quería vivir con Sacha, y menos con su cuñado, y se fue a un pueblo próximo con una campesina con quien tenía varios hijos.

Ernesto se encontró orgulloso y satisfecho en aquella gran casa de estilo ruso, con sus amplias habitaciones, sus enormes chimeneas y sus viejos sillones. Paseaba y cazaba en el bosque de su finca.

A pesar de sus satisfacciones de vanidad, pronto tuvo motivos de queja.

El pequeño judío ginebrino no podía acostumbrarse a la vida del campo. Le parecía triste, pobre, sin entretenimientos.

Klein se aburría, y lo que le sacaba de quicio era el que la censura rusa borrase en el ejemplar que le enviaban de la redacción los artículos suyos de los periódicos suizos.

Este espíritu, un poco estrecho, de ciudad pequeña, era en él lo principal.

Ernesto Klein, a los cuatro o cinco meses de llegar a la finca de Savarof, vivía pensando en Ginebra, en lo que hablarían de él sus amigos, en lo que se diría de sus artículos. El ver que éstos llegaban constantemente a sus manos mutilados y borrados le indignaba. Comenzó a sentir por Rusia un odio y un desprecio profundo.

Sacha le decía que podía haber supuesto todo aquello; ya se sabía que en Rusia funcionaba la censura; pero Ernesto replicaba que nunca hubiera podido suponer tanta estupidez y tanta arbitrariedad.

Ernesto Klein, al ver que no podía escribir sus artículos y leerlos allí mismo, consideró que no tenía alicientes en su vida, y comenzó a manifestarse malhumorado, impertinente y grosero. Cualquiera ocasión le parecía buena para molestar a su mujer y considerarla como causante de sus decepciones. Se quejaba de todo y a todas horas.

La divergencia de gustos y de ideas se iba haciendo cada vez más profunda. Sacha tenía una gran simpatía por los criados de su casa y por la gente de la aldea, antiguos colonos de la familia; sabía tratar a los campesinos, hablarles en su lenguaje, interesarse por sus asuntos, oír sus quejas. Todos ellos le querían a Sacha.

A Klein le trataban también con gran respeto y afecto; pero él no tenía simpatía por los *mujicks*. A veces sucedía que algún campesino con sus ahorros iba a la aldea a hacer compras y entraba en el bazar de un judío, que le vendía géneros inútiles y caros, y el *mujick* volvía con la sospecha de haber sido engañado.

Klein se burlaba de esta gente tan estúpida, tan pasiva, que no sabía ni siquiera atender a sus intereses. Únicamente transigía con algunos ricos de fincas próximas, con los cuales podía hablar en francés de puntos sociológicos y literarios.

Hasta en las cosas más alejadas del vivir cotidiano, en las cuestiones políticas suscitadas de paso, no estaba conforme el matrimonio.

Klein, por una derivación lógica de su antipatía por el país, se había hecho partidario y defensor del gobierno autocrático; decía que estaba convencido de que aquel pueblo no podía vivir con un régimen de libertad. A Sacha le molestaba que negara la posibilidad de que Rusia pudiera vivir con un régimen de pueblo civilizado y le indignaba que Klein calificara todo de asiático. Klein argumentaba y reforzaba su opinión con razones históricas. El que antiguamente los rusos hubieran tenido que recurrir a los príncipes escandinavos para gobernarse era, según él, una prueba de la incapacidad de la raza.

—¡Qué importa la historia! —solía decir ella con desdén.

—¿Cómo que no importa? —preguntaba Klein.

—Claro que no. Lo que unos no hacen, lo hacen otros. Si no, no cambiaría el mundo.

Para Klein, los precedentes históricos eran como los carriles de un tren por donde forzosamente había que pasar; en cambio, Sacha, quería creer que los países tienen una marcha libre y caprichosa.

En parte, los dos tenían razón, porque Klein juzgaba científicamente y con antipatía, y, en cambio, Sacha juzgaba sentimentalmente y con amor.

Por un antiguo amigo de la casa tuvieron marido y mujer un grave disgusto. Este amigo, Demetrio Garchin, hijo del compañero del padre de Sacha, hombre inteligente, ingeniero que había estudiado en Alemania, al volver a Rusia se enamoró de una mujer casada que le correspondió, y se fue con ella a vivir al campo, abandonando él a su mujer y ella a su marido.

A Klein le parecía esto una abominable inmoralidad, y pretendió que Sacha indicase a los amantes la conveniencia de no aparecer por casa. Sacha se negó en redondo, y tuvieron con tal motivo un gran escándalo.

A medida que pasaba el tiempo la desavenencia conyugal se iba haciendo más intensa. Klein se mostraba mal intencionado y canalla; cualquiera hubiera dicho que profesaba verdadero odio por su mujer.

XIX

LA SEPARACIÓN

Cuando se resolvió por completo la cuestión de la herencia de Savarof, Sacha pensó en trasladarse a Moscou; quizá allí, en una gran ciudad, su marido encontraría distracciones y la existencia del matrimonio se haría más soportable.

El ensayo fue completamente desgraciado; no había solución para la vida de ambos [71].

Al cabo de dos años de vivir en Rusia, la hostilidad entre marido y mujer llegó a convertirse en odio profundo.

Sacha sentía por Klein un gran desprecio. Le parecía imposible que hubiese llegado a tener cariño por aquel hombre tan vulgar, tan ridículo, tan egoísta, tan mezquino en todo.

En uno de los altercados matrimoniales, Klein llegó a querer golpear a Sacha. Ella, ciega por el instinto de venganza, compró un revólver y en la primera ocasión disparó dos tiros a su marido.

Afortunadamente no le dio. Al ver lo que había he-

---

[71] Obsérvese el estilo casi telegráfico (oraciones simples yuxtapuestas agrupadas en breves párrafos independientes) que adopta a partir de este momento el relato, con lo que se confiere, por la cantidad de información aportada, una considerable velocidad al desarrollo de la historia.

cho, trastornada por el odio, quedó espantada de sí misma.

Klein se horrorizó ante la perspectiva de recibir un balazo.

La violencia y la sangre le aterrorizaban.

Para no verse de nuevo en la posibilidad de ser agujereado por una bala, habló a Sacha y le dijo que aquella vida era imposible.

Él comprendía que ninguno de los dos tenía la culpa; había incompatibilidad de caracteres, de opiniones, de todo.

Lo más sensato era separarse, entablar una demanda de divorcio.

Sacha aceptó la idea, a condición de que ella se quedaría con la niña.

Klein no sentía un gran cariño por su hija, y no tuvo inconveniente en que fuera a vivir con su madre.

El expediente de divorcio comenzó a entablarse en Ginebra, para donde partió inmediatamente Klein.

Sacha hubiese ido también con gusto a visitar a su amiga Vera; pero no quería habitar un pueblo donde pudiera encontrarse a cada paso con su marido. Tampoco le agradaba la perspectiva de tener que contar a Leskoff sus infortunios matrimoniales.

Mientras se cursaba el expediente de divorcio, Sacha estuvo encerrada en su finca próxima a Moscou. Al resolverse el proceso, a los siete u ocho meses, vaciló; no sabía qué hacer ni adónde ir; en Moscou no le quedaban amigos y sí recuerdos desagradables de sus desavenencias conyugales; la vida que hacía su hermano mayor en San Petersburgo, de gran mundo, no le seducía.

Después de abandonar muchos proyectos, decidió instalarse en el Mediodía de Europa, en Florencia. El invierno había sido largo y pesado, y estaba deseando ir a un país de sol. Después pensaba buscar a Vera, reunirse con ella y proponerla vivir las dos juntas.

Sacha, desde Florencia, escribió varias cartas a Vera contándole su vida.

SEGUNDA PARTE

I

LA VIDA EN LAS PUPILAS [1]

Mi querida amiga: Después de mi largo encierro en nuestra casa de campo me encuentro como una convaleciente, entregada a la vida vegetativa.

Voy, ando de aquí para allí, con el alma vacía de emociones y de pensamientos.

A veces tengo ganas de llorar. ¿Por qué? Por nada. Qué cosa más ridícula. Tú, que tienes los nervios más fuertes que yo, me despreciarías al verme tan neciamente sentimental. ¿Qué hago aquí? Te lo contaré.

Esta mañana he salido un momento sola a contemplar Florencia. Toda la noche ha llovido abundantemente; el Arno corre turbio, amarillo; el campo está empapado de agua; una bruma ligera empaña el aire [2].

---

[1] La voz del narrador cede paso a la del personaje, a través de sus cartas en esta segunda parte y a través de las anotaciones diarísticas en la tercera. El cambio de perspectiva contribuye, como se ha anotado, a dotar de un mayor dinamismo a la historia. Por lo que se refiere a la configuración de la estructura novelesca, esta segunda parte posee un menor peso específico, ya que su función es únicamente la de ocupar el *lapsus* temporal transcurrido entre el divorcio de Sacha y la aparición de quien será su segundo marido.

[2] Las descripciones paisajísticas, a través ahora de la visión de Sacha, adquieren en esta parte una importancia primordial en cuanto elemento definidor de su estado anímico.

En las colinas del Belvedere y de San Miniato los árboles brillan con un verde húmedo y oscuro; sobre ellos se destacan con un color delicado los grupos de adelfas en flor.

En el cielo, gris y luminoso, veo cómo se perfilan, con una línea muy clara, los contornos de las colinas cercanas, con sus iglesias, sus torreones y sus cipreses.

El deseo de pasear sola me impulsa a alejarme de la ciudad. He salido a un descampado, dejando a la derecha la calle que se llama de la Cuesta Scarpuccia, y he pasado por debajo de un arco donde hay un prosaico fielato de consumos[3]. Me encuentro al pie de un cerro, a cuya cumbre sube en espiral un camino y en línea una escalera larga con varios rellanos. A un lado hay una fila de altos y oscuros cipreses. Esta fila de cipreses, que avanza trepando por el montecillo, hace un efecto de procesión formada por frailes sombríos y tristes.

Al final de la escalera, que he subido descansando a ratos, se extiende una plaza anchurosa. Es una terraza rodeada por una barandilla de hierro, desde la cual se ve toda Florencia, hoy envuelta en brumas.

Voy a intentar describirte lo que se divisa desde esta altura, para pasar una hora pensando que hablo contigo. Todavía no me atrevo a relacionarme con nadie. Una situación tan absurda y tan de vaudeville como la mía de mujer divorciada me parece que se ha de conocer en la persona en todo, en su manera de hablar, en su manera de vestirse...

Además, como te decía antes, aunque quisiera hablarte de mis sentimientos, no podría. No hago más que vivir con mis recuerdos. Todas mis impresiones actuales están sólo en las pupilas, no han pasado más adentro. Procuro también que no pasen.

Sigo, pues, hablándote de mis impresiones retinianas.

---

[3] Oficina a la entrada de las poblaciones en la cual se abonaba el impuesto municipal sobre los comestibles y otros géneros que entraban para ser vendidos o consumidos en ellas.

Me asomo a la barandilla de esa terraza que domina Florencia. Abajo, casi al pie de la colina, se levanta un viejo torreón de color de ocre, resto de alguna muralla; cerca, un puente de hierro y una torrecita cuadrada; más lejos el río, hoy turbio, estrecho antes de llegar a la ciudad, después en el centro embalsado, como formando un estanque, y de nuevo estrecho al salir al campo.

En la orilla derecha del río la torre del Palacio Viejo se yergue con sus almenas por encima de las demás torres; el campanil del Giotto brilla blanco, frío, con sus góticas ventanas al lado de la ancha cúpula del Duomo [4]; aquí y allá, entre los miles de tejados pardos y musgosos, brotan otras torres, la Santa Croce, Santa María Novella, el Podestá...

Un león de hierro del remate de algún palacio se destaca en el aire como escalando una lanza, terminada en una flor de lis. Algunas claraboyas y luceros resplandecen reflejando pálidamente el cielo.

En el fondo, a lo lejos, se ven los Apeninos, cadena de montañas de color azulado, que aparece y desaparece al correrse la niebla.

Se oye el rumor de las calles como el de la marea; en la orilla del río, fuera de la ciudad, algunos hombres trabajan cerniendo arena.

De esta anchísima plaza, en cuya barandilla he estado un momento apoyada, tomo por un sendero que sube a la basílica de San Miniato. Un *cicerone* me persigue, preguntándome si quiero ver el cementerio, la torre, la iglesia. Le digo a todo que no y me meto por un camino entre árboles, cruzado a trechos por los raíles de un tranvía.

¡Qué camino más silencioso! ¡Qué admirable! Es un encanto. Me hubiera gustado recorrerlo contigo. De cuando en cuando, en un recodo, se ve una plazoleta con su grupo de cipreses simétricos y con algunos mirtos recortados.

---

[4] La catedral de Florencia.

Es un paisaje este que no es completamente natural como el de Suiza, ni del todo artificial como algunos de Francia; es un paisaje suave y al mismo tiempo adornado, con un adorno que parece que debe ser grato a la Naturaleza, adorno sencillo como una flor en los cabellos de una muchacha bonita.

Sigo avanzando. Comienza a lloviznar. En algunas hondonadas donde hay recónditos huertos, una vieja escarda sus hortalizas; los almendros y las adelfas se muestran plagados de flores, y los pájaros cantan entre el follaje húmedo y la lluvia sigue cayendo suavemente...

Poco después de llegar a casa ha cesado la lluvia, se ha despejado la niebla y ha salido el sol. Por la tarde hemos salido, luego he tomado un coche y con Olga y con María, la niñera, hemos ido al paseo de la Cascine.

La tarde estaba hermosa, el aire muy templado.

Al anochecer, de vuelta del paseo de coches, volvimos de prisa a lo largo del río, por los muelles enlosados, pasamos por la calle de Tornabuoni y nos detuvimos a comprar dulces en una confitería.

En el cielo hay nubes rojas, precursoras de buen tiempo; los faroles comienzan a encenderse y se reflejan en la superficie oscura del río.

Ahora estoy en mi cuarto. La niña duerme. Oigo la voz de un ciego que canta en la calle, acompañado de una guitarra, una canción napolitana. Mi pensamiento está vagando entre Ginebra y Rusia.

Adiós, mi querida Vera. Buenas noches.

Sacha.

II

LAS CAMPANAS DEL SÁBADO SANTO

¿Qué quieres, mi querida Vera? Vive una ya sin esperanza, y para simular la energía que no se tiene, para hacernos la ilusión de abarcar un radio de acción que no abarcamos, están el arte y la música y los libros, que son un poco de opio en nuestra vida sin vida.

El viejo Tolstoi, cuando habla con desprecio del arte y de las complicaciones de la vida moderna, creo que tiene bastante razón.

¿Quieres saber lo que hago? Pues no hago nada interesante. He aquí mi día de hoy:

Salgo por la mañana sin plan, sin rumbo determinado; me acerco al centro de la ciudad y me sorprende la animación de las calles.

Algo interesante ocurre; es indudable. La mayoría de la gente marcha hacia la catedral. La vía Calzaioli, la más concurrida de Florencia, se encuentra tan atestada de coches y personas, que se avanza en ella con dificultad.

En un extremo de la calle, en la anchura que forma delante del Duomo, hay un catafalco negro adornado con flores; alrededor se apiña la multitud.

Entre el gentío, algunos vendedores de periódicos venden una hoja. La compro, y por ella me entero que hoy, día de Sábado Santo, se celebra una fiesta antigua llamada *Lo Scoppio del carro*[5]. El carro es, sin duda, el catafalco negro que han colocado delante de la catedral.

La hoja que acabo de comprar explica que ésta es una fiesta florentina antiquísima. A las doce en punto una paloma de madera sale de la portada de la iglesia, corre por un alambre, llevando en el pico una mecha encendida y va a prender el castillo de fuegos artificiales que se levanta sobre el carro.

Añade la hoja que la gente campesina tiene como buen augurio el que la explosión de la pólvora meta mucho ruido. Ya enterada de la significación de la fiesta me acerco a la plaza del Duomo, que se halla cuajada de gente. Por todas partes se ven mujeres, la mayoría inglesas, con traje blanco y sombrero de paja, y turistas armados con máquinas fotográficas. En los balcones brillan al sol las sombrillas rojas, los abanicos, las blusas claras.

Dan las doce; suena un cañonazo.

—¡La Colombina! ¡La Colombina! —grita la gente con ansiedad y suena una explosión, y luego otra, y se llena de humo de pólvora la plaza, y casi en seguida todas las campanas de Florencia comienzan a tocar al mismo tiempo. La gente ríe al oír las explosiones; todo el mundo parece satisfecho...

No comprendo bien por qué se relaciona la alegría con el ruido; yo al menos todas las alegrías las he tenido en silencio.

Me alejo un poco del tumulto. Las campanas siguen tocando con un tañer dulce, como el son de un *harmonium,* un sonido suave y acariciador.

Me siento en la plaza de la Signoria, en la fuente de Neptuno, al lado de las imágenes esculpidas por Juan de Bolonia[6], y veo pasar el catafalco negro de los fuegos artificiales, precedido por una nube de chicos.

---

[5] «La explosión del carro».

[6] Escultor renacentista (1524-1608) protegido de Cosme de Médicis y cuyas obras adornan la ciudad de Florencia.

Es un carro grande, tirado por cuatro bueyes blancos, altos y huesudos, con los cuernos casi rectos, dorados, y el cuerpo cubierto por una gualdrapa roja, sobre la cual se destaca un lirio bordado de las armas de la ciudad.

Vuelvo hacia casa y de repente mi imaginación me transporta a los días de mi infancia en Moscou, cuando se celebraba la Pascua.

No; seguramente allí el cielo no es tan azul como aquí; la nieve cubre aún las calles y las avenidas. Pero, ¡cuánta más intimidad! ¡Cuánto más espíritu cristiano! Esa noche de Sábado Santo era para mí algo extraordinario y lleno de misterio.

Al terminar el oficio nocturno comenzaban las campanas de Moscou a repicar y se veían todos los semblantes alegres; yo sentía la impresión de la vida nueva, de la fraternidad humana...

Al día siguiente los criados se presentaban en casa con sus mejores trajes en nuestra sala, en medio de la cual había una mesa de dulces y de pasteles. Mi padre los recibía de uniforme e iba abrazando y besándolos a todos...

Mi querida Vera, hacemos muy mal en salir de nuestro país, en perdernos en lejanas tierras. Ya no tiene remedio. Tu amiga,

Sacha.

III

EN EL TEATRO

Notas en mí inclinaciones artísticas. ¿Qué quieres que haga para no aburrirme?

Todas las mañanas voy a la galería del palacio Uffizi, que es un palacio verdaderamente rico, espléndido, admirable.

Dentro de ese suntuoso edificio, la impresión más clara que brota del espíritu es la de habitar durante un instante un mundo de fantasía. Parece que se borra la noción de la vida real con sus penalidades y sus tristezas; parece que ya no hay en la vida miseria, enfermedades, trabajo, nada triste ni depresivo, quizá tampoco nada grande; parece que se puede vivir muellemente contemplando a Botticelli o a Fra Filippo Lippi [7]; que se puede dejar transcurrir el tiempo leyendo versos, discutiendo con ingenio acerca de las cosas divinas y humanas.

Y da tal impresión el palacio Uffizi, primeramente por sus obras; casi todas ellas de idealidad refinada; luego por la decoración, por los techos artesonados, por los mapas grandes, de colores, que se ven en las paredes con grandes rosas de los vientos en relieve, doradas; y más que nada quizá por esas galerías, a las cuales se puede asomar a contemplar con la vista fatigada, el Arno, lento, lánguido, verde, con un verde de marisma.

---

[7] Pintor renacentista italiano (1406-1469).

Arno, lento, lánguido, verde, con un verde de marisma.

El mismo público del museo, formado en su totalidad por mujeres de todos los países, vestidas de claro, que miran ensimismadas alguna antigua tabla florentina, contribuye a reforzar la impresión.

Yo supongo, quizá me equivoque, que la mayoría de las mujeres que recorren estas salas de los museos se encuentran en situación parecida a la mía; supongo que tienen su pequeña o su gran tragedia y que buscan aquí la distracción o el consuelo...

Ayer noche fui invitada por una familia húngara, que está en mi mismo hotel, a ir a la ópera. Cantaban *El Trovador,* una ópera italiana, de estas que por ahí en el centro de Europa no creo que se representen.

El teatro, el Politeama Florentino, es inmenso, de gusto clásico, de aspecto frío; hay mucha lápida de mármol blanco. No tardé en sentir que también era frío de temperatura.

En las butacas, muchos espectadores estaban con el sombrero puesto, lo que daba a la gente un aire de público de mitin poco distinguido.

La sala, en su mayor parte, estaba llena de extranjeros; se oía hablar inglés más que italiano.

Comenzó la representación; el público aplaudía, sobre todo al llegar alguna romanza de esas del *bel canto,* en las que se puede lucir el tenor o la tiple; los señores graves cerraban los ojos como diciendo: «Esto es sublime.» Las jóvenes florentinas miraban al cielo en éxtasis.

No debía haber [8] en el teatro nadie que no supiera de memoria la ópera que se cantaba, porque en los entreactos todo el mundo tarareaba algún trozo musical.

En el segundo entreacto se presentaron en nuestra platea dos jóvenes a saludar a la familia húngara, un violinista bastante conocido, Enrico Amati, y un pintor que estudia aquí y se llama Dulachska.

---

[8] *Sic,* por *no debía de;* esta construcción incorrecta se repite varias veces.

El violinista me ha parecido que hace la corte a la muchacha húngara amiga mía. El *signor* Amati es un hombre moreno, con un aire siniestro; tiene la cabellera negra, que le cae formando una onda sobre la frente, la cara afeitada, de tono azul, los labios finos, la nariz corva y los ojos negros y brillantes. El pintor es un hombre tímido y perplejo. Estuvieron los dos un momento en la platea y se fueron al empezar el acto. Amati preguntó a la húngara si podrían ir a saludarla al hotel. La húngara contestó que sí.

Cuando se fueron los dos, la muchacha me dijo:

—Este Amati tiene una cara napoleónica.

—Sí, es verdad.

—Así debía ser Napoleón de joven.

Se conoce que la húngara le encuentra algo de Bonaparte, porque hace su conquista rápidamente.

Según me ha dicho la húngara, Amati es un virtuoso del violín.

Al terminar la función hemos marchado deprisa a casa. Ahora, desde mi cuarto, oigo el ruido de los coches y las conversaciones de la gente que sale del teatro.

Algunos rezagados pasan tarareando; uno de ellos comienza una romanza con brío y sus calderones rompen el silencio de la noche, este silencio profundo de la calle formada por grandes palacios cerrados y viejas casas solariegas.

Adiós, Vera; te desea buenos pensamientos, como se los desea a sí misma, tu

Sacha.

IV

EN EL JARDÍN DEL BOBOLI

Los domingos por la mañana Florencia presenta el aire de una ciudad de provincia. También nuestra Ginebra es provinciana. Las dos tienen algo de ciudades pequeñas y de ciudades cosmopolitas; pero Ginebra vive dentro de la civilización y el cosmopolitismo como en cosa propia, y en cambio Florencia, en el ambiente de hoy se deshace; es el palacio principesco convertido en hotel.

Aquí las mañanas domingueras la gente sale a la calle vestida de día de fiesta; entra y sale a oír misa; los señoritos se reúnen en los atrios de las iglesias para ver pasar a las muchachas; las familias se detienen en las pastelerías y los señores van después a su casa llevando en la mano un paquetito blanco con dulces.

Por las tardes la ciudad ofrece un aspecto melancólico; las tiendas están cerradas, los cafés del centro llenos; pasan los coches llevando gente a la Cascine y los tranvías salen para los alrededores.

En las calles algo extraviadas la soledad es completa; no se ve a nadie y los viejos caserones de piedra, de construcción casi ciclópea, toman en este ambiente de tristeza un carácter verdaderamente serio y terrible. En algunos palacios, entre los sillares sin labrar, hay filas de argollas y anillos de hierro que en otra época debían servir para sujetar los hachones e iluminar la calle.

Por el empedrado, de grandes losas, pasa de cuando en cuando un ciclista en su bicicleta, y algún gato pacífico le mira correr, acurrucado, desde la escalera de un portal...

Por la mañana he andado hoy a la ventura por estos callejones estrechos y tortuosos, oscuros y negros. En algunos sitios me sorprende un olor a campo, un olor de paja y hierba seca que me transporta con la imaginación a nuestra finca de Moscou.

Me encuentro, luego de haber andado un momento perdida, en el Puente Viejo[9]. Todas sus tiendas están hoy cerradas. Después de comer; María Karolyi, la muchacha húngara, me propone que vayamos juntas al jardín del Boboli. Tomamos un coche y subimos ella, Olga, la niñera y yo.

Llegamos delante de un enorme edificio amarillento, de piedra no labrada. En el palacio Pitti. El coche cruza la anchurosa plaza, sube por una rampa bordeando el ala del palacio y nos deja delante de la verja que da al jardín. Un criado con librea y sombrero de copa se aparta para dejarnos paso.

Entramos; enfrente hay una pequeña gruta artificial y a un lado un cartel que dice: *Giardino di Boboli.*

María Karolyi sabe muy bien la historia de todas estas cosas; por lo que dice, la mayoría de las señoritas húngaras cultas tienen gran afición a los estudios literarios, históricos y arqueológicos. Parece que no les interesa tanto como a nosotras las rusas las ciencias naturales y la medicina.

Dentro del jardín del Boboli, hemos ido subiendo las

---

[9] Obsérvese a partir de aquí la coincidencia entre el tiempo de la acción y el tiempo de la escritura, inverosímil si se tiene en cuenta que se trata de una carta. Probablemente Baroja recurre a ello como un procedimiento que permite al personaje anular la distancia temporal que existe entre él y su destinatario en el momento de recibir el mensaje.

cuatro por un paseo en espiral. De cuando en cuando nos volvíamos para mirar hacia atrás.

A medida que se escala el cerro donde está el jardín se ve la ciudad extendida a los pies, la cúpula del Duomo, el campanil del Giotto con su blancura de mármol un poco antipática, la torre de piedra del Palacio Viejo y otras torres y otros campaniles que sobresalen por encima de los tejados de la ciudad.

En el fondo, cerrando el horizonte, se destaca una sierra azul bastante lejana, y en ella algunas casas blancas en medio de bosques y arboledas.

Llegamos a una plaza solitaria con su banco de piedra y nos sentamos.

Olga corretea y juega y nos llena el banco de arena. En esto entran en la plazoleta unos turistas y se sientan a nuestro lado. Son dos familias; una formada por una señora con dos hijas de quince a veinte años y un muchacho, y otra por un matrimonio. Todos son ingleses.

El matrimonio está compuesto por un hombre de unos cuarenta años, de anteojos, bigote recortado, aire aburrido, y una señora joven aún, gruesa, guapa, rubia, de ojos azules, que mira a su marido como esperando una palabra amable que él no pronuncia.

Se ve que este hombre se encuentra en un estado de aburrimiento oscuro, sombrío.

Las dos muchachas y el jovencito de la otra familia hablan, ríen, leen la guía, la madre escucha lo que dicen con indiferencia.

Poco después se han levantado los ingleses y se han marchado. María Karolyi no tiene simpatía por estos ingleses pobres que, siguiendo la costumbre de los ricos, vienen aquí de turistas. Dice que ese aburrimiento que se nota en ellos es la prueba de su insensibilidad.

A mí no me parece lo mismo. Creo que esos ingleses que vienen después de trabajar mucho a las ciudades célebres por su arte, pensando hallar en éstas un alivio a su tristeza, si se aburren no es porque no tienen sensibilidad, sino porque no encuentran lo que esperaban.

Todas estas cosas que tanto se ponderan, cuadros, estatuas, paisajes, producen a la generalidad de las personas, aunque no se quiera confesarlo, una emoción muy superficial, muy epidérmica, que no es nada o casi nada en la vida. Ahora, para los especialistas es otra cosa, porque ven en esto un oficio, un motivo de satisfacciones de su amor propio y de su vanidad.

Un cuadro, un paisaje, una partitura, es un juguete, algo menos en el fondo que el caballo para el militar, que el lazo bonito para una mujer, o que la muñeca para la niña [10].

La húngara dice que mis palabras son una blasfemia, y que los bellos mármoles, los hermosos cuadros, elevan el alma. Si fuera así un d'Annunzzio [11] repleto de cultura clásica sería superior en espíritu a un Dostoyevski que vivió muchos años en presidio, y no creo que a nadie que conozca a los dos se le ocurra compararlos.

María tiene una manera de ser muy latina, muy entusiasta de las actitudes, de las frases; no comprende el espíritu ruso, lleno de vaguedad, de misticismo, de piedad para los humildes. Cree sinceramente que Tolstoi es poco artista y que en cambio lo es mucho el *signor* Amati porque se pone a tocar el violín con la cara siniestra y un mechón de pelo negro sobre la frente.

Yo pienso a veces que en el fondo de este espíritu estético no hay más que sensualidad y grosería. No hemos querido discutir ella y yo con la certidumbre de que no nos habríamos de convencer una a otra.

Es una idea general suponer que en los países del Norte, en donde el clima es frío, la gente lo es también; y que en cambio en el mediodía, en donde hay mucho sol, la gente es ardiente y comprensiva.

---

[10] Disquisición sobre el arte en donde a través de las opiniones de Sacha se manifiesta el escepticismo y la tendencia a la desmitificación de Baroja.

[11] El ideal literario de Baroja, como el de su personaje, estaba obviamente más próximo a la hondura desgarrada del Dostoyevski que a la superficialidad brillante del poeta modernista italiano.

Nosotras, como hemos estudiado fisiología [12], sabemos que no es así. Pero no quiero hablarte de cosas tristes, que es triste recordar nuestras fatigas estudiantiles y pensar en el ceño que ponía Leskoff al comprobar nuestra torpeza.

Dejo el pasado y seguiré contándote nuestra visita al jardín del Boboli. Hemos subido a la parte más alta de la colina en donde los inevitables turistas, sentados en la hierba, tomaban fotografías de la ciudad.

Desde lo alto hemos bajado por una avenida en cuesta verdaderamente deliciosa.

A un lado y a otro filas de cipreses altos, en unión de mirtos, muy elevados, forman dos paredes verdes.

Cortan estas avenidas otras laterales más pequeñas, también limitadas del mismo modo por muros de verdor formados por cipreses y mirtos altísimos y compactos.

Al anochecer, una de estas avenidas tenía un aire verdaderamente extraño; en el fondo de un túnel de boscaje aparecía el enorme busto de un dios de mármol blanco, y era, en verdad, aquello de una misteriosa poesía, algo evocador de la idea que tenemos del paganismo.

Volvimos al coche, dimos un paseo y ya oscuro entramos en el hotel a tomar el té. La familia de María, con el concurso de Amati, nos tenía preparado un concierto.

Lo escuchamos con grandes aspavientos, nos sentimos todos un poco *snobs;* hablamos de Bach, de Beethoven y de Weber [13], y nos fuimos a comer.

Ahí tienes cómo pasa un día tu amiga. Adiós, querida Vera. Con un apretado abrazo de tu

Sacha.

---

[12] En la 1.ª edición *filosofía,* errata evidente corregida en ésta.

[13] Carl María von Weber (1786-1826), pianista y compositor alemán, autor de óperas como *El cazador furtivo* y *Euryanthe.*

V

CONSEJO DE AMIGA [14]

¿Cómo, mi querida Vera? ¿Estabas dejando que te hablara de cosas insignificantes que no nos interesan ni a ti ni a mí, y me tenías callada esa noticia para mí más importante que todas las estatuas y cuadros del mundo? ¡Leskoff te pretende desde hace algún tiempo, y tú no sabes qué decidir!

¡Ah, traidora, traidora! Tendré que decirte que eres pérfida como la onda.

Mi pequeña Vera, yo tengo por mi matrimonio poco afortunado, alguna más experiencia que tú, y creo que te puedo aconsejar.

Yo no te diré que te cases con Leskoff por lo que pudiera convenirte, no; te diré que tengas en cuenta que Leskoff es un hombre de gran espíritu, y que hombres así no se encuentran a cada paso.

La corteza quizá parezca ruda, pero el fondo es soberbio. Ahora, desde lejos, lo comprendo bien. ¡Si lo hubiese comprendido antes! Quizá [15] mi suerte y la tuya hubieran sido diferentes.

---

[14] Se interrumpe la larga pausa narrativa que ha ocupado los capítulos anteriores para introducir nuevos elementos que van completando la historia secundaria: el inicio de las relaciones de Vera con Leskoff.

[15] En la 1.ª edición siempre *quizás*.

Me preguntas si debes decir a Leskoff que estuviste enamorada de otro hombre. ¿Para qué? ¿Para hacerle desdichado? ¿Para darle una felicidad amargada, envenenada desde el principio? Me parece absurdo.

Ten en cuenta, mi querida Vera, que por muy profundos y muy intensos que hayan sido tus sentimientos por otro, esos sentimientos te parecerán superficiales el día que veas en tu marido al padre de tus hijos.

Hay en todas las pasiones, seguramente en la pequeña como en la grande, una cantidad de obstinación, de testarudez, de amor propio, que les impide muchas veces desarraigarse.

Tú, mi querida Vera, con tu aspecto de muchacha ingenua y traviesa, eres en el fondo una mujer de carácter, por eso tu primera inclinación ha sido tan fuerte y tan enérgica.

¿Cómo será la segunda? Es posible que esta idea te indigne; pero hay que acostumbrarse a ella. Yo, como tú, no contestaría inmediatamente a Leskoff; esperaría, no para pensar hasta qué punto pueda convenirte el casarte con él, sino para hacer un ensayo, para ver hasta dónde llega tu pasión no alimentándola con la terquedad ni con el amor propio.

Debes tener en cuenta, mi querida amiga, que el hombre enérgico e inteligente no sólo no es un producto vulgar, sino que es algo raro y extraordinario; debes tener también en cuenta que una figura arrogante y una sonrisa simpática duran en la imaginación meses, años; pero que un recuerdo así no basta para llenar la vida.

Si tuviéramos la seguridad de que nuestro corazón había de latir siempre ilusionado y ardiente por los recuerdos, quizá fuera lo más idealista y lo más práctico al mismo tiempo vivir con las ilusiones y sin las realidades; pero, ¿quién te asegura que una nueva pasión no ha de brotar entre las cenizas de la antigua? ¿Quién te dice que no vas a depositar tu nueva pasión en una persona baja, egoísta, vulgar, que no sólo te haga sufrir, sino que te avergüence y te envilezca?

VI

LA COMEDIA DEL CARÁCTER

Mi querida Vera: Veo que no desprecias mis consejos y que estás dispuesta a intentar la cordura. Me dices que en los primeros momentos me hubieras reñido e insultado. Lo creo; es la protesta del amor propio.

Hay en todos los hombres y mujeres un fondo de comediante, que exige un espectador, e impulsa muchas veces a los mayores absurdos por sostener el papel. No es raro que una misma persona sea el espectador y el cómico al mismo tiempo.

Esto, en parte, es consecuencia de la sugestión que nos produce la idea que tienen de nosotros los demás. Mis amigos creen que soy generosa, pues efectivamente delante de ellos lo soy. ¿Creen que soy buena o mala, pérfida o coqueta? Pues su opinión obra en mí, aunque no lo quiera; me da reforzado, amplificado, un aspecto de mi manera de ser. Luego yo tomo la opinión, la opinión ajena, e intento adaptarme a ella.

Estas preocupaciones de los demás y de ti misma debes desechar; no pienses en lo que puedan decir ni en lo que puedan creer los demás de ti; no intentes sostener tu papel ni aun delante de mí misma; analiza tus impresiones y tus efectos; mira a Leskoff, no como a un enemigo que intenta derrotar la entereza de tu carácter, sino como a un amigo que quiere sostenerte y quiere también que tú le sostengas en la vida. Si necesitas demostrar terquedad, demuéstrala una vez contra tus prejuicios.

No quiero sermonearte más; supongo que esa cabeza voluntariosa ha de tener un momento de claridad, de lucidez y de buen juicio. Adiós.

Sacha.

VII

LOS AMIGOS DEL HOTEL

Pides tregua; muy bien: tengamos tregua. Quieres que dejemos la cuestión Vera-Leskoff para más adelante. Muy bien; la aplazaremos y seguiré hablándote de mi vida, ya que dices que te interesan mis cartas. Me adulas, mi querida Vera.

Ya hace un mes que estoy aquí, y a pesar de que mi amiga húngara María Karolyi es una entusiasta de Italia y de los italianos, a mí esto no me encanta.

Comprendo el esplendor de una ciudad como Florencia, la cantidad enorme de obras de arte que guarda; pero los italianos no me son simpáticos. Tienen una cordialidad con el extranjero que suena a moneda falsa. Es gente hábil, sagaz, llena de inteligencia; pero que ha vendido su alma al demonio inglés o yanqui en figura de dollars [16] o de libras esterlinas. En el fondo, no creen más que en el dinero y en el placer. De ahí esa persecución a los dos ídolos; lo demás no cuenta para nada.

A mí esta manera de ser me repugna. Preferiría vivir en un pueblo austero en que la mortificación y la abstención fueran la regla, que no en un pueblo así en que el afán del placer hace a todo el mundo sórdido y miserable.

---

[16] En la 1.ª edición *dollars,* en cursiva.

El otro día ocurrió una cosa muy significativa. Se anunciaba la inauguración de un teatro con una opereta, y momentos antes de comenzar la función se suspendió porque en un hotel de esos a donde van millonarios yanquis quisieron tener concierto y baile y los músicos de la orquesta dejaron el teatro público para ir a tocar a un hotel particular donde cobran más.

El pueblo que ve esto no puede tener simpatía por el extranjero, y en el fondo le odia; pero mientras haya liras que ganar se guarda su odio y sonríe.

Italia debe ser el país donde más cosas se pueden conseguir con dinero. En medio de tanta ornamentación y de tanto arte, la vida es sórdida y mezquina, se ve que se aquilata y alambica todo hasta el último céntimo.

La mayoría de los italianos de las ciudades de turismo, cuando se encuentran delante de un extranjero, piensan: ¿Cómo podría sacar a esta persona una lira más? Es verdad que los franceses y los suizos de los pueblos de moda hacen lo mismo, pero lo hacen más dignamente, no tienen esa obsequiosidad, esa sonrisa de cordialidad y de simpatía fingida de los italianos. Luego, aquí todos los hombres son conquistadores. No hay violinista, tenor o peluquero que no tenga la secreta esperanza de transtornar el corazón de alguna princesa extranjera y de vivir a sus espensas [17].

De estas cosas suelo discutir con la húngara María Karolyi, que es una italianista entusiasta.

María me parece que está cada vez más interesada con Enrique Amati, ese virtuoso, que según dice él, desciende de unos Amatis, fabricantes de violines, de Cremona.

María es demasiado coqueta y le gusta jugar con la gente.

Su estetismo le está depravando; quizá sea una cosa puramente exterior, de vanidad, de deseo de singularizarse, pero a veces parece que no.

---

[17] *Sic,* por *expensas,* errata que no aparece en la 1.ª edición.

Ahora asegura María que la heroína que más admira es la condesa Tarnowska, esa rusa cuyo proceso se está viendo en la actualidad en Venecia y que dominaba y martirizaba a sus amantes.

María suele cantar como si fuera su profesión de fe esta canción de la ópera *Carmen:*

L'amour est enfant de Boheme
Il n'a jamais connu de loi
Si tu ne m'aimes pas je t'aime
Si je t'aime, prends garde a toi [18].

Este entusiasmo de María por la mujer instintiva y bestial no me lo explico. Verdad es que en el fondo no sé si lo siente o lo finge por hacerse la interesante.

El señor Amati, el violinista de cabeza napoleónica, no creo que representa, como María, ante sí mismo una pequeña comedia, pero ante su novia sí la representa [19]; quiere demostrar que no es el aventurero que va detrás de la extranjera rica, pero se le ve el juego. No sé, quizá me equivoque; pero el tal Amati me parece un tipo un poco sospechoso.

María me ha instado varias veces a que la acompañe al taller de un pintor pensionado por el Gobierno húngaro y amigo suyo que se llama Dulachska.

Dulachska es el joven que estuvo en compañía de Amati en nuestro palco cuando cantaban *El Trovador.* Es un hombre de una timidez verdaderamente extraordinaria, que vive solitario en su taller. Ha estado mucho tiempo en Asís, una pequeña ciudad próxima a Florencia, en donde nació San Francisco, santo que, según parece, tiene mucha importancia en el santoral romano.

María se quedó muy asombrada de que yo no hubiese oído hablar nunca de San Francisco de Asís; yo le repli-

---

[18] Los versos que canta la protagonista en su primera aparición en la ópera de Bizet.

[19] Cfr. las reflexiones sobre el fingimiento de la personalidad que constituyen casi todo el capítulo anterior.

qué que seguramente ella no había oído hablar de muchos santos rusos; pero María es católica y supone que no se pueden comparar unos santos con otros.

Dulachska ha vivido en Asís en un convento, y no quiere pintar más que asuntos religiosos.

Ahora está acabando una adoración de la Virgen. En su cuadro hay una serie de cabezas de ángeles y serafines muy bonitas.

Hemos visitado el taller, y el pintor, por intermedio de María, me ha dicho si tendría inconveniente en servirle con Olga de modelo. Quiere poner la cabeza de mi hija y la mía entre el coro de ángeles y serafines que rodean a la Virgen.

Le he contestado que me parecía mucho honor el que iba a hacer a nuestras cabezas.

—¿No quiere usted? —me preguntó él tristemente.

—Sí, sí; ¿por qué no? ¿Tendremos que venir aquí?

—No, yo iré a su hotel. Si le parece a usted, cuando tenga usted una hora o dos disponibles me envía una postal y yo iré en seguida.

Hemos quedado convenidos en esto, y el joven magyar vendrá desde mañana a retratarnos a la niña y a mí.

Adiós, pequeña Vera.

Sacha.

VIII

UN ESPAÑOL EN ESCENA

Mi querida Vera: Me alegro mucho que Leskoff y tú os entendáis por lo menos en un punto concreto, en hablar bien de mí.

Me preguntas si Leskoff llegó a decirme algo, si estuvo enamorado de mí. ¿Ah, ya aparecen los celos? Pues no te quiero decir nada. Fastídiate y rabia, ya que tu corazón es tan exclusivista que, pensando en la posibilidad de querer a Leskoff, te preocupa si habrá tenido o no antes inclinación por otra.

Te decía en mi última carta que un pintor húngaro estaba haciendo el retrato de Olga y el mío. Este Dulachska, que viene a mi hotel casi todos los días, es un muchacho raro, de una timidez y de una indecisión sorprendente[20].

Si tuviera que pensar en su vida se moriría de hambre en un rincón.

María Karolyi, que le conoce de Budapesth[21], le riñe y le aconseja; pero el pintor sonríe con una sonrisa de beatitud, dando a entender que todo es demasiado bueno para él.

María me dice que desde que viene a hacerme el retrato que se va transformando; quiere darme a enten-

---

[20] *Sic,* por *sorprendentes.*
[21] En la 1.ª edición Buda-Pesth, siempre.

der que se ha enamorado de mí; pero yo no estoy para ensayos de sentimentalismo internacional. Para prueba basta y sobra con la primera.

La que va perdiendo terreno por momentos es María. Está enamorada de verdad de ese violinista de perfil napoleónico. Yo creo que el tal es un vividor y un farsante. Lo que se va averiguando de él no le recomienda gran cosa; mi muchacha, que ya chapurrea el italiano, se ha enterado, sin duda por los criados, que el violinista vivió con una actriz y que ahora come en unas tabernas miserables y vive en un barrio muy pobre.

Esto puede ser únicamente falta de medios; pero yo me figuro que no es sólo eso, sino que el tal virtuoso, además de pobre, es un granuja.

Un elemento nuevo que ha aparecido en el pequeño círculo de extranjeros del hotel es un español, pintor, según dice, aunque más bien parece un *sportman*. Este español se llama Velasco, Juan de Velasco, y es el polo opuesto del pintor húngaro en carácter, en ideas y en todo.

Es un hombre tan expeditivo, que constantemente está haciendo proyectos y realizándolos; para él no hay dudas ni vacilaciones.

—Debe ser curioso Nápoles —decía yo el otro día.

—¿Quiere usted que vayamos esta tarde? Yo la acompaño.

Velasco me parece un hombre que debe tener mucha energía, cuando no se aburre con un proyectar tan continuo.

El pintor español me quiere convencer de que debo ir a España a ver corridas de toros y procesiones de disciplinantes. Según él, cuando una persona se acostumbra a un espectáculo de sangre y de violencia, tiene la verdadera preparación para la vida. Es una teoría demasiado bárbara. Hasta otro día. Te abraza,

Sacha.

IX

LA VÍA DEL PURGATORIO

Mi querida Vera: Veo que tus asuntos van por el mejor camino. De manera que Leskoff, padre y madre, ¿quieren que pases el verano con ellos? ¿Ya empiezan a considerarte como hija? Me parece muy bien.

Cuando esté decidido adónde vais a ir, dímelo. Yo iré a reunirme con vosotros; pasaremos el verano a dos mil metros de altura, y nos divertiremos todo lo posible.

Aquí ha habido una pequeña catástrofe en nuestro mundo. El *signor* Amati ha resultado, como yo creía, un aventurero. Hace unos días, durante el almuerzo, me sorprendió la expresión de María Karolyi. Se encontraba inmutada, disgustada. Se veía que le ocurría algo, no quise preguntarle nada, y después de almorzar me metí en el salón de lectura a escribir una carta. Acababa de hacerlo, cuando María se acercó a mí y me dijo:

—Mire usted lo que me han mandado [22].

---

[22] En esta edición aparecen suprimidas algunas frases de la 1.ª; la conversación entre las dos mujeres se reproduce del siguiente modo:

Acababa de hacerlo cuando María se acercó a mí y me dijo:

—¿Quiere usted escucharme un momento?

—Con mucho gusto. ¿Qué le pasa a usted?

—Vamos a mi cuarto. No quiero que se entere nadie.

Entramos en su cuarto, y María, sacando del pecho una carta arrugada, me dijo:

—Mire usted lo que me han mandado.

Tomé el sobre y saqué de dentro un papel arrugado en donde estaba escrito en italiano, con letras gruesas, lo siguiente:

«Señorita: Enrique Amati, el violinista, es mi amante; tiene dos hijos conmigo y le he dado para empeñar mis pendientes y mi anillo de oro, que son los que ha regalado a usted. Ya lo sabe usted, yo no la quiero a usted mal, pero no pretenda seguir teniendo relaciones con él, porque va usted a volver marcada a su país.

Virginia Bertelli (Bianca.)
Vía del Limbo, número 2.»

Leí la carta, y María se me quedó mirando con cierta ansiedad.

—Qué le parece a usted —me dijo—; ¿qué hago?

—Según las intenciones que usted tenga. Yo me enteraría.

—¿Cómo?

—Lo más fácilmente; llamando a esa mujer y hablando con ella.

El procedimiento sin duda no agrada a María; debe tener miedo de averiguar que lo que le dicen es verdad. Sin duda está prendada del violinista y de sus ademanes teatrales, y además le produce una gran humillación el que esa Virginia se atreva a decir que la va a herir en la cara.

La pobre María no canta ya *l'amour est enfant de Boheme,* y creo que se va a convencer de que afortunadamente para ella no tiene nada de común con la Tarnowska.

María ha decidido que su padre se entere por la policía de qué clase de hombre es Amati.

Anteayer, María me preguntó si quería acompañarla.

—Voy a ir a la calle del Limbo —me dijo.

—¿A visitar a esa mujer?

—No; quiero ver nada más el sitio donde vive, para formarme una idea de qué clase de mujer puede ser.

Hemos mirado en el plano dónde está la vía del Limbo y es un callejón sin salida, perdido entre unas cuantas callejuelas estrechas que se cruzan entre la calle de la Vigna Nuova y el Lungarno [23] Corsini.

La más grande de todas tiene el pintoresco nombre de Vía del Purgatorio.

Hemos entrado a esta vía por la plaza de Rucellai. Es una calle de aldea, en cuyas aceras se sienta la gente formando corros de mujeres y de chicos.

A la entrada, cerca de un antiguo palacio convertido en pajar, con una puerta gótica y un escudo con tres girasoles y tres lirios, hay una fuente.

Esta vía del Purgatorio no tiene salida, pero sí dos entradas más; una por la calle del Infierno que sale también a la vía de la Vigna Nuova y otra por la del Parioncino, la cual pasa al lado de la Santísima Trinidad y sale al río.

La vía del Purgatorio tiene una rinconada que se llama la Volta della Vechia con un arco con la imagen de una madonna, su farol y una cruz de hierro incrustada en la pared.

Todas estas calles son estrechas, sucias, y tienen a ambos lados almacenes de paja.

En la vía del Infierno había cuando pasamos nosotras unas diligencias viejas, paradas, interceptando la calle.

Preguntamos a un carretero por la vía del Limbo y éste, riendo, nos mostró un callejón sin salida pequeño y negro, con los balcones ocultos entre flores y enredaderas mezcladas con harapos puestos a secar.

En uno de aquellos pisos vive la amante del violinista.

María no dijo nada, se calló; pero me pareció que la visita le había producido alguna repugnancia. Esta vía del Purgatorio ha mortificado su vanidad, la va a recordar como un purgatorio verdadero para su dilettantismo [24] estético.

---

[23] *Sic,* por *Lugarno;* esta errata no aparece en la 1.ª edición.
[24] En la 1.ª edición *dillettantismo,* además, en cursiva.

Ayer el padre de María ha recibido los informes pedidos a la policía sobre Amati.

Efectivamente, el violinista es un aventurero, un explorador[25] de mujeres.

Ha sido agente de un music-hall y parece que ha lanzado varias cupletistas y bailarinas al teatro y a la vida galante.

Es un apache distinguido.

Éstos son los hombres que entusiasman a las mujeres artistas.

María ha devuelto los pendientes y el anillo de oro al violinista.

Dentro de unos días piensa salir con su familia para Budapesth.

Ya no se va a poder hablar a ningún hombre sin tomar informes de la policía. Ya ves la suerte que tienes tú con Leskoff. Hay que ser buena y discreta, si no puede venir el coco.

Adiós, querida Vera.

Sacha.

---

[25] *Sic,* también en 1.ª ed. Parece más lógico *explotador*.

X

VELASCO, EL VENCEDOR [26]

Sacha no contó en sus cartas a Vera el final de su estancia en Florencia; no se atrevía a decirle cómo Velasco iba interviniendo en su vida y captándose su voluntad.

Al acercarse el verano, al llegar los primeros calores, Sacha decidió ir a veranear a Bellaggio, un pueblecito ideal que está entre los dos brazos del lago de Como.

Quería alejarse del pintor español, ver claro en sus sentimientos; pero Velasco era demasiado activo y turbulento para permitir este retiro que podía producir una sedimentación espiritual en los sentimientos de la mujer amada.

Sacha tenía miedo de que Velasco fuera también un aventurero. Sin embargo, por instinto, comprendía que no; el peligro para ella era otro, pero no sabía cuál. Velasco tenía dinero y su aspecto era del hombre rico acostumbrado a gastar sin tasa.

Velasco en Bellaggio llegó a dominar a Sacha. Era una corte tan asidua que no permitía a Sacha discurrir

---

[26] El narrador toma de nuevo la palabra y el desarrollo de la historia se acelera en contraste con el tiempo lento que caracterizaba al resto de los capítulos de esta segunda parte: mientras los tres meses de primavera ocupan nueve capítulos, los tres meses de verano se despachan en uno de dos breves páginas.

ni razonar; ya no era la poesía del panorama espléndido, porque Velasco tenía la humorada de encontrar empalagosos y sin interés los paisajes del lago de Como y decirlo a todas horas.

Era un caso de sugestión, de captación de la voluntad. Velasco disponía, mandaba, y Sacha dejaba hacer.

Paseaban en los vaporcitos del lago. Iban a Bellano a ver las villas que se reflejan en el agua tranquila y se acercaban a la cascada del Pioverna con sus remolinos de espuma.

Sacha, pasivamente, se dejaba dominar por aquel español activo y tumultuoso.

A mediados de julio, Velasco convenció a Sacha de que debían ir a concluir el verano a Biarritz.

Sacha accedió; fueron juntos a Biarritz, y al final de septiembre se casaron.

TERCERA PARTE

I

AL ENTRAR EN ESPAÑA

Voy a anotar mis impresiones día por día [1]. No quiero distraer a Vera con mis cartas. Ella tendrá también sus luchas, sus momentos de vacilación, pero está en terreno más firme que yo.

Se ha casado con un compatriota, con un hombre de ciencia [2]; vive en un ambiente austero; yo, en cambio, no veo claro en mi porvenir. Prefiero escribir estas páginas para mí sola, conteniéndome un poco para no avergonzarme mañana de mis sentimientos, porque mi experiencia anterior me ha hecho desconfiar un tanto de mi espontaneidad.

Mi preocupación actual nace de la situación en que he venido a colocarme un poco a la ligera. Me encuentro nuevamente casada, y ahora en la frontera de España,

---

[1] Al tratarse de una escritura diarística, la voz del personaje adquiere un tono más íntimo que en la segunda parte; no obstante, como sucede en aquélla, la voz del narrador no desaparece nunca por completo y sus puntos de vista se confunden con los de Sacha. Por otra parte, la transcripción fiel de largas conversaciones entre los personajes eliminan por completo el carácter de reflexión intimista del diario.

[2] Ésta es la última información sobre Vera, con la que se cierra la historia secundaria, iniciada en la primera parte, de la peripecia sentimental de la compañera de Sacha.

como ante esas puertas misteriosas de los cuentos, que lo mismo pueden resultar del infierno que del paraíso.

Mañana vamos a un pueblo de La Rioja, donde vive la familia de mi marido.

Juan me dice que me acostumbraré pronto a España; en cambio, ese escritor español, a quien he conocido en Biarritz, me aseguraba que España para un extranjero es un mundo aparte [3].

Me ha llevado mi marido a San Sebastián a que vea una corrida de toros; la ciudad me ha gustado mucho, es muy bonita; pero el espectáculo me ha parecido repulsivo, no sólo porque produce una impresión de ingratitud, de crueldad, sobre todo para los caballos, sino porque da una sensación de repugnancia física.

Al principio, cuando sale la cuadrilla, se figura una que va a presenciar un espectáculo elegante, rápido; cuando el toro aparece tan fuerte, tan bravo, la expectación es enorme; pero ya los mil detalles de fisiología, además de desagradables y repelentes, son de una gran lentitud y de una falta completa de interés [4].

En cambio, sin tener nada de dramático, me ha resultado agradable un partido de pelota. Claro que no es constantemente entretenido; pero, para no hacer daño a nadie, resulta un *sport* interesante, lleno de movimiento, de agilidad y de destreza.

Juan dice que cuando vaya a ver la segunda corrida me gustará, pero no pienso volver a presenciar este espectáculo.

---

[3] Referencia al narrador, que interviene en el prólogo como testigo de la boda.

[4] La actitud crítica frente a la fiesta de los toros es compartida por Baroja con todos los miembros de su generación.

II

LA FAMILIA DE JUAN

La primera visita que tenemos que hacer en España es a la familia de mi marido, en un pueblo de La Rioja. Por lo que dice Juan, se me figura que debe ser una familia a la antigua. Probablemente, supondrán que una rusa es un producto fantástico como una sirena o un dragón con alas.

Mi marido me ha advertido que dirá a su madre que soy viuda de un profesor.

Está bien. No me gusta mentir, ya veremos cómo salgo del paso.

Momentos antes de la partida, María, la niñera, me ha dicho que se queda aquí, en Biarritz. La pretende un *chauffeur* que se ha retirado y ha puesto un pequeño *restaurant*. Parece que entre la clientela cuenta con algunos criados de los rusos ricos que vienen por aquí. Además de los motivos sentimentales que pueda tener para casarse con mi niñera, tiene este práctico de que ella podrá entenderse con los rusos.

He deseado a María buena suerte; me hubiera gustado asistir a su boda; pero mi marido tiene prisa por ir a España. He tomado una niñera vasco-francesa, que se llama Graciosa y que lo es efectivamente. Me entiendo con ella muy bien.

Graciosa habla en vasco a la pequeña Olga.

No sé cómo se va a arreglar mi niña, cuando sea mayor, para hablar, oyendo en la infancia tantos idiomas al mismo tiempo.

Hemos hecho nuestro equipaje, tomado el tren hasta la frontera y seguido hasta Miranda de Ebro. Aquí bajamos, esperamos en la fonda y montamos en otro tren, que en una hora próximamente[5] nos dejó en una pequeña estación, desde la que se ve un pueblo asentado en una colina, con grandes casas de piedra y viejos miradores de cristales.

Un coche de dos caballos nos esperaba a la salida de la estación. Un mozo ha cogido nuestras maletas, después de saludar a Juan con gran confianza, y de mirarnos a Graciosa y a mí con curiosidad. Hemos montado; Juan se ha puesto al pescante y hemos subido al golpe[5 bis] de los caballos la cuesta que conduce al pueblo.

—Nos va a tirar, señora —me decía Graciosa.

—No; no nos tirará —le contestaba yo, pero no las tenía todas conmigo.

El coche se detuvo ante una casa solariega, de piedra oscura, con un enorme portal. Subimos por una ancha escalera, pasamos por varios cuartos grandes y fríos hasta un comedor triste, y nos sentamos allí.

Ha transcurrido un largo rato y no se ha presentado nadie. Juan se ha puesto a encender en la chimenea unos trozos de vid seca. Yo estaba asombrada de un recibimiento tan frío. Al cabo de media hora ha aparecido una vieja, encorvada, con una toca de puntilla sobre los escasos cabellos grises. Es mi suegra. Mi marido la ha abrazado con frialdad; ella se ha acercado a mí, y contemplándome atentamente, de una manera escrutadora, me ha dicho:

—¿Estará usted cansada?

—No.

---

[5] *Sic,* por *aproximadamente;* errata que no aparece en la 1.ª edición.

[5 bis] *Sic,* por *galope;* se trata de una errata que no aparece en la 1.ª edición.

—Ahora les prepararán el cuarto.

Después de estas palabras, no muy amables, se ha puesto a hablar con su hijo de la casa, de la hacienda, de la bodega, del vino, con una mezcla de violencia y de cólera, como si mi marido tuviera la culpa de todo lo malo que pudiera ocurrir.

Juan la oía con displicencia, contestando de mala gana.

Mientras mi suegra hablaba, han aparecido tres señoritas viejas, dos de ellas hermanas y la otra tía de Juan. La acogida entre éstas ha sido igualmente glacial.

—Hola —les ha dicho mi marido sin mirarlas apenas—. ¿Estáis bien?

—Sí, muy bien.

Se han sentado las tres solteronas, y han dicho que hacía un día muy malo; una de ellas, la más efusiva, me ha preguntado si es la primera vez que vengo a este pueblo.

Mi marido me ha sacado de la situación molesta en que me encontraba, diciéndome:

—Bueno; vamos al cuarto.

La sala que nos han destinado es enorme, pero muy fría. Yo le he dicho a Juan que la niña se va a constipar aquí, porque no hay chimenea ni medio de calentar esto, y él ha mandado que traigan un brasero, pero un brasero en un cuarto tan grande es lo mismo que nada.

Graciosa me ha indicado que adonde puede ir con la niña es a una galería de la parte de atrás de la casa, en la que da el sol.

Hemos ido allá. Es un ancho balcón, en parte cubierto de cristales y en parte no. El calor ha carcomido y tostado todas las maderas; una parra mete una de sus ramas, que recorre toda la pared de la galería. En los ángulos del techo cuelgan mazorcas de maíz, racimos de uvas y ristras de ajos. Desde allí la vista es espléndida. Se divisan una serie de colinas que dan la impresión de una explanada enorme; en el fondo, montes ceñudos y lejanos aparecen con sus crestas nevadas; sobre el río

Ebro, que no se ve, tiende[6] una niebla larga y blanquecina. Cerca del pueblo hay un bosquecillo de álamos, que el otoño va dejando rojos y sin hojas, y que parecen llamas cobrizas que salen de la tierra.

Es un paisaje este verdaderamente hidalguesco, por donde parece que han de andar caballeros y gente de guerra.

He dado de comer a Olga y la he dejado con la niñera en la galería, entre ristras de ajos y cebollas, de pimientos y de uvas.

Nosotros hemos comido tarde y la comida ha sido muy larga; entre plato y plato ha habido grandes tardanzas. Yo creí que en Rusia estarían las cosas de la vida práctica mal organizadas; pero en España están todavía peor. Aquí, en esta casa, la cocina se encuentra al otro extremo del comedor, y, naturalmente, la comida viene fría.

Juan se ha sentado en la mesa en el sitio de preferencia: a la derecha, su madre, y a la izquierda, yo. Mi suegra me ha preguntado si los rusos creen en Dios y en Jesucristo; le he dicho que sí; pero la buena señora no se ha convencido. En el fondo supone que todos los que no son católicos van en derechura al infierno. No diré que no.

Una de mis cuñadas se ha extrañado de que sintiera frío viniendo de Rusia; pero la[7] he dicho que allí se caldean mucho las habitaciones.

No sé la impresión que he producido en los individuos de mi actual familia; creo que esperaban encontrarme más rara.

---

[6] *Sic;* obviamente, *se tiende,* como en la 1.ª edición.
[7] Uno de los varios casos de laísmo; ídem en la 1.ª edición.

III

EL ESCUDO DE NAVARIDAS [8]

Al terminar la comida, Juan ha dicho, levantándose:

—Bueno, vámonos.

—¿Adónde vais? —ha preguntado su madre.

—La voy a llevar a «La Hinojosa».

«La Hinojosa» es una finca de la familia que está a orillas del Ebro. Juan ha salido del comedor a preparar el coche.

Mientras tanto, yo he estado con las cuatro mujeres sufriendo un interrogatorio. Mi dificultad para hablar español me ha servido, porque varias veces he hecho como que no comprendía lo que me preguntaban, aunque comprendía perfectamente.

Poco después ha venido Juan y me ha acompañado al coche y hemos marchado rápidamente por la carretera.

El campo, formado por colinas amarillentas pobladas de viñedos, no es bonito de cerca. Nos detenemos en un pueblo pequeño y solitario, y bajamos en la plaza. Este pueblo se llama Navaridas, y antes era casi en totalidad posesión de la familia de Velasco. Como esta aldea queda oculta en un repliegue del terreno, Juan ha dicho que hay un refrán que dice: «Navaridas, el de las malas entradas y peores salidas.»

---

[8] Pequeño pueblo de la Rioja alavesa cercano a Laguardia.

Bajamos en la plaza y entramos en la iglesia, que es amplia, grande y tiene un viejo retablo muy hermoso.

Al salir de nuevo al atrio, el cura del pueblo se acerca a saludar a Juan.

Mientras hablan, contemplo estas viejas casas amarillentas de la plaza, casi todas cerradas. Una de ellas, bajita, rojiza, con dos rejas a un lado y a otro, con sus cruces de hierro, me ha llamado la atención por el escudo que ostenta en la clave del arco apuntado que le sirve de entrada.

Es un escudo pequeño y desgastado por la acción del aire y de la humedad. Representa tres puñales que se clavan en tres corazones. Cada corazón va destilando gotas de sangre. Alrededor se lee esta leyenda sencilla: «El mundo es ansí» [9].

¡El mundo es ansí! Es decir, todo es crueldad, barbarie, ingratitud [10].

Por si acaso no entendía bien el significado del blasón, he preguntado a mi marido y al cura qué quería indicar, y me han dicho lo que yo suponía de antemano: que esa leyenda quiere decir que en el mundo todo es brutalidad, dolor, pena.

¿Quién sería el hombre a quien se le ocurrió poner un blasón tan triste en su casa? ¿Qué le habría pasado? ¿Qué penas, qué dolores tendría?

Salimos del pueblo después de saludar al cura y recorrimos la finca de la familia de Juan. Al volver, en el camino vimos a una mujer con un niño en brazos montada en un burro y un ciego detrás andando, apoyándose con las manos en las ancas del animal y llevando en la

---

[9] Según Romero Tobar (ed. cit.) el escudo que se describe en la novela no existe en Navaridas; Baroja se debió de inspirar en otro que adorna la fachada de una casa de un pueblo cercano, Páganos: éste lleva efectivamente el lema «el mundo es ansí», aunque el dibujo no coincide exactamente con el que describe Sacha.

[10] Esta reflexión que le suscita la visión del escudo se repetirá varias veces como leit-motiv a lo largo de la novela.

espalda una guitarra envuelta en una funda de cuero. El grupo tenía un aire trágico.

—¿Qué serán estas gentes? —le he preguntado a Juan.

—Vagabundos. Él tocará la guitarra por los pueblos —me ha contestado mi marido—, la mujer cantará y pedirá limosna.

¡Qué vidas más miserables! Si una tuviera esto en cuenta no se quejaría nunca.

Para el anochecer ya estábamos en casa. He acostado a la niña y me he preparado para una cena lenta, pesada y ceremoniosa.

Después se han presentado en el comedor a hacer la tertulia el vicario del pueblo, unas señoras viejas y un currutaco [11] prehistórico y sin dientes, tan obsequioso y ceremonioso que llegaba a empalagar.

---

[11] El sentido que recoge el DRAE (adj. fam. Muy afectado en el uso de las modas) no es evidentemente el que tiene en este contexto; más bien, el de persona insignificante.

IV

EL MUNDO ES ANSÍ

Por ahora, de todo lo visto en España lo que más me ha impresionado ha sido ese escudo de la plaza de Navaridas con sus corazones y sus puñales y su dolorosa sentencia: «El mundo es ansí.»

Como no puedo dormir bien en esta casa grande y sombría, he pasado algunas horas comentando, sin querer, esa frase, y por lo mismo que es muy vaga y muy general, la he aplicado a muchas cosas.

¡El mundo es ansí! Es verdad. Todo es dureza, todo crueldad, todo egoísmo. ¡En la vida de la persona menos cruel, cuánta injusticia, cuánta ingratitud!... El mundo es ansí.

He repasado en mi memoria los accidentes de mi vida y me he visto a mí misma como un monstruo. Desde aquella vieja nodriza, Matriona, que me quería tanto y que me despidió deshecha en lágrimas cuando me fui de Rusia, hasta ese pobre pintor húngaro que nos consideraba a Olga y a mí como dos seres angelicales y a quien no fui a ver al dejar Florencia, ni me he ocupado de él. ¡Cuánta ingratitud! ¡Cuánto dolor producido a los demás de una manera caprichosa e indiferente!

Esta casa me entristece. Lo único alegre en ella es ese mirador en donde suelo tener a la niña y desde el que se divisa un panorama tan espléndido.

Ya deseo marcharme de aquí.

El otro día dimos una vuelta alrededor del pueblo, al oscurecer, una de mis cuñadas y yo. Al volver hacia casa, ya de noche, me chocó ver tanta gente en la calle.

—¿Qué pasa? —le pregunté a mi cuñada.

—Van a la novena de las Ánimas —me contestó—. ¿Quieres que entremos en la iglesia?

—Bueno.

No sé si esperaría hacer una conversión y llevar un alma por el buen sendero católico.

Entramos; delante del altar mayor había un ataúd negro colocado sobre un catafalco, vestido de paños también negros, que tenían aplicadas unas calaveras recortadas en papel blanco. A los lados brillaban filas de cirios amarillos.

Era una cosa al mismo tiempo imponente y grotesca, ridícula y horrible.

La nave de la iglesia se veía llena de mujeres con mantillas negras y de campesinos envueltos en mantas y en trajes remendados.

Salimos, y este hormigueo de hombres desarrapados por la callejuela estrecha y mal iluminada por lámparas eléctricas cansadas y rojizas, me pareció una cosa completamente siniestra[12].

---

[12] A través de esta selección de detalles sombríos de la realidad española se observa cómo la visión pesimista que el autor tiene de la misma la transfiere a su personaje.

V

EN MADRID

Pretextando asuntos urgentes, Juan ha dicho a su familia que necesitamos marcharnos.

Hemos tomado el rápido para Madrid. En el camino he podido notar la falta de sentido social de los españoles. Íbamos mi marido, Graciosa, la niña y yo en el departamento, de noche; la niña dormía, cuando se abrió la puerta y entró un hombre con trazas de campesino, envuelto en una capa parda. El hombre se sentó y comenzó a escupir y a echar el humo de un cigarro apestoso. A Olga le dio tos con el humo y se despertó.

Este hombre de la capa dijo a mi marido que era comerciante en granos y que no había tenido tiempo de coger el tren anterior.

Todo esto lo explicó envolviendo sus palabras en una serie de exclamaciones soeces, escupiendo y fumando.

Se veía que no creía que pudiese molestar.

Cuando se acercó a la estación donde tenía que bajar, salió al pasillo del tren y abrió el cristal de la ventana. El aire frío de la noche entró en nuestro departamento. Graciosa cerró la portezuela, pero el hombre volvió a abrirla. Yo envolví a Olga en un chal para que no se enfriara.

Afortunadamente, la estación donde paraba el molesto viajero estaba próxima y el comerciante en granos se marchó tan indiferente a nosotros como si no existiéramos.

He hablado de esta manera de ser a mi marido.

Parece que cada español no se ha enterado todavía de que hay otros hombres en el mundo además de él. Juan mismo no hace caso de nada. Todas las advertencias y prohibiciones se le figuran hechas para el prójimo. Encuentra muy bien las leyes para los demás; ahora, para él, no [13].

Aquí cada cual, sin duda, se considera de distinta sustancia que los otros y el eje del mundo. Llegamos a Madrid a media noche y entramos en el automóvil de un hotel.

A través del vidrio empañado, Madrid me pareció una ciudad del Norte, envuelta en una bruma espesa. Los arcos voltaicos brillaban en el aire rodeados de un halo rojizo.

Dormimos en el hotel y por la mañana nos encontramos con un tiempo triste y lluvioso [14].

—Nada, hasta que lleguemos a Sevilla no vamos a tener sol —ha dicho Juan.

Hemos salido de casa y en un coche vamos al Museo del Prado. Mi marido me ha elogiado unas cosas, me ha denigrado otras.

Yo comenzaba a decir delante de un cuadro de Murillo que era lo que más me gustaba, cuando Juan me ha interrumpido, exclamando:

—Eso no vale nada.

No me hago la ilusión de tener gusto artístico, ni me preocupa la pintura gran cosa; pero ¿cómo es posible que esos santos del Greco extravagantes con una cabecita pequeña y el cuerpo dos veces más largo que el de

---

[13] La visión negativa del país se extiende a sus habitantes; la necesidad de educación cívica es un tema característico de la actitud regeneracionista de los escritores del 98.

[14] Una vez más la presencia de la lluvia matizando melancólicamente la visión que de la realidad tiene la protagonista.

una persona cualquiera esté bien y sean admirables? ¿Cómo es posible que esas figuras de Murillo tan verdaderas no tengan mérito alguno? No lo comprendo.

Juan es un hombre demasiado arbitrario en sus opiniones y en sus gustos.

He dicho a todo que sí y he salido del museo algo mareada y sin ninguna gana de volver.

El tiempo sigue triste, las calles llenas de barro, no se puede pasear. Los cinco días que llevamos en Madrid hemos ido por las noches al teatro.

A mi marido le impacienta la lluvia. Yo le digo riendo que no le hago a él responsable de que llueva en España, pero él me replica:

—Habrá que ir a Sevilla. Allá estará haciendo un sol magnífico.

Mis impresiones madrileñas han sido muy ligeras. Aquí se nota, como en Italia, quizá más que en Italia, que la gente tiene un tipo muy acusado. Sin embargo, entre los dos países hay grandes diferencias.

Madrid no es cosmopolita como Florencia, por ejemplo; yo creo que Madrid debe ser una de las capitales menos internacionalizadas del mundo; aquí al extranjero se le da poca importancia, y el dinero no tiene, como en Italia, un valor tan absoluto.

Encuentro esta manera de ser más digna y mejor; debe ser odioso vivir entregado al capricho de los extranjeros.

Otra cosa que me ha parecido notar, hablando con los amigos de mi marido, es que los españoles tienen orgullo individual, pero no patriotismo.

Aquel violinista Amati, de Florencia, a pesar de no ocuparse más que de su arte, hablaba de la caballería italiana, de la marina italiana con un entusiasmo que a mí, extranjera, me parecía cómico.

Aquí creen, o lo dicen al menos, que todo lo que hacen los españoles es malo y consideran que sus políticos, sus generales, sus hombres de Estado están vendidos o son unos botarates.

Un convencimiento así, de hacerlo todo mal, le deja a cada español en una situación de ironía y de mordacidad.

El decirles que su país ha de progresar, a algunos les hace encogerse de hombros, a otros se me figura que les molesta, quizá por orgullo, quizá les parece una vulgaridad confundirse con los franceses o con los alemanes.

Otra cosa que me asombra es la falta de curiosidad de esta gente.

Tengo en mi cuarto del hotel una doncella morena, vivaracha, muy servicial[15] y muy simpática.

—¿La señora es francesa? —me preguntó el otro día.

—No.

—¿Alemana quizá?

—No, soy rusa. De mucho más lejos. ¿Ya iría usted por allá?

—¿Por qué no? —me ha contestado—. Allí se vivirá como en todas partes.

Qué fondo de innata sabiduría y de falta de curiosidad tiene que haber para comprender esto.

---

[15] Corrijo la errata *sercial* que aparece en el texto.

VI

UN PUEBLO DE SUEÑO

Como la alondra que levanta el vuelo al amanecer, mi corazón se ha sentido con alas y ha volado lleno de esperanza al entrar en Andalucía. ¡Qué extraño espejismo! ¡Qué ilusión más absurda!

Era cerca de Baeza y comenzaba la mañana. El sol brillaba de una manera mágica; parecía que las piedras y las plantas iban a incendiarse, a fundirse, con la luz del día; yo también tuve un momento de esperanza ilusoria, de creer que bastaba llegar a esta tierra soleada para ser feliz.

Parece que las personas son como gusanos de seda que han oído que pueden convertirse en mariposas, y hay momentos en que se cree cruzar ligeramente el espacio sobre las alas nacidas en la espalda.

Entre Córdoba y Sevilla el cielo comenzó a llenarse de nubes, y el espejismo de mi alma palideció y se borró.

He ido asomada a la ventanilla.

En las extensas llanuras regadas por el Guadalquivir se veían a derecha e izquierda praderas con caballos y toros bravos.

En algunos olivares, los campesinos, subidos a una escalera, recogían la aceituna de los árboles. Luego pasamos por en medio de huertos de naranjos llenos de fruta roja y de hileras de grandes pitas con brazos grises y carnosos, rígidos y puntiagudos como puñales.

Llegamos a Sevilla y fuimos a un hotel de una plaza con grandes palmeras [16].

Nos han instalado en habitaciones del piso bajo, cuyas ventanas dan a un patio con una fuente en medio, enlosado, de mármol blanco, y rodeado de una arcada también de mármol.

El cuarto me ha parecido húmedo y frío, como sitio donde no entra el sol y que no tiene chimenea ni nada con que calentarlo.

He preguntado al dueño del hotel si no hay alguna habitación en el piso alto con ventana a la calle, y me ha dicho que cuando se desocupe alguna me lo advertirá.

Después de descansar y de almorzar hemos ido en coche al paseo de las Delicias. El día estaba muy hermoso, hemos bajado del coche y Olga ha andado jugando por estas avenidas.

De vuelta del paseo, a media tarde, he dado la comida a la niña y la he acostado.

Mi marido y yo cenamos a las ocho, y después de cenar fuimos a dar una vuelta por el pueblo.

En la calle de las Sierpes he llamado la atención. ¿Por qué? Realmente no llevaba nada llamativo. Quizá encontraban en mí cierto aire exótico.

Dimos varias vueltas a esta calle estrecha y tortuosa entre la Campana y la plaza del Ayuntamiento, y luego nos sentamos en un café.

Al extranjero que viene a Sevilla lo que le choca primero son los muchos hombres que andan por la calle y las pocas mujeres.

En España he oído decir que se considera a las muje-

---

[16] El estilo rápido de Baroja encaja perfectamente en esta ficción de un texto diarístico en donde se reseñan gran cantidad de acontecimientos: se reproduce así la sensación de vértigo experimentada por la protagonista, que se siente llevada y traída por un país nuevo, acumulando impresiones que describe sin asimilar ni profundizar, por lo general, en ellas.

res de Sevilla como muy bonitas, pero a mí, si tengo que decir la verdad y juzgar por las de la calle, no me han llamado la atención. En el Norte y en Madrid he visto tipos más bellos y con el mismo carácter meridional.

Realmente, en España no hay gran diferencia entre la gente del Norte y la del Sur, no pasa como en Italia; aquí, por lo que veo, apenas se distingue un andaluz de un vascongado y un gallego de un catalán.

Desde la ventana del café veo, un poco cansada, cómo se agita la multitud de hombres que llenan la calle. Hay muchos que deben ser toreros, porque llevan coleta como los chinos, una coleta pequeña retorcida para arriba que parece el rabito de un cerdo.

Entre algunas de estas caras anémicas, borrosas, de poca expresión, hay unos tipos de hombres altos, con aire enérgico, que me han recordado las esculturas romanas del Museo de Florencia. Muchos se apoyan en las paredes en actitud de languidez y de pereza.

—¿Estás cansada o damos otro paseo? —me ha preguntado Juan.

—No, vamos.

Hemos salido del café. Son cerca ya de las diez de la noche y muchas tiendas están abiertas. Sigue el eterno ir y venir de la gente.

Un relojero trabaja todavía delante del cristal del escaparate con la lente en un ojo.

Vamos hacia la catedral; pasamos por delante de un muro con una puerta, la Puerta del Perdón.

Sobre esta muralla se destaca la torre, la Giralda; en una ventana alta, delante de una imagen pintada, se balancean al viento cuatro faroles encendidos.

Bordeamos la Giralda y entramos en una plaza con palmeras, limitada por la pared almenada amarillo-rojiza del Alcázar.

Los arcos voltaicos derraman su luz blanca y fuerte sobre los muros del Alcázar y de la catedral, y esta plaza, la plaza del Triunfo, con sus grandes palmeras y sus macizos de verde, iluminada por la claridad cruda y azulada de la luz eléctrica, parece una decoración de teatro.

Entramos por un arco a una plazoleta del Alcázar con casas pequeñas a los lados, que creo se llama Patio de la Montería, y avanzamos por entre callejuelas estrechas con las casas pintadas de rojo, de azul y de blanco...

El ambiente húmedo y tibio tenía esta noche una suavidad de caricia: a mí se me figuraba marchar por una de esas calles que se ven en los sueños cuando se recorre un pueblo ideal, y me sentía también ahora como crisálida que va a romper su envoltura para lanzarse al espacio...

De este laberinto de callejuelas salimos de nuevo a la plaza del Triunfo. En la Giralda brillaban unos azulejos a la luz de la luna con un resplandor pálido y misterioso.

Volvimos a la calle de las Sierpes y entramos en el hotel todavía temprano.

VII

LA MORAL DECORATIVA [17]

Mi vida es una vida de movimiento continuo; ir al teatro, al museo, subir a la Giralda, hacer visitas, corretear por las calles.

Una vida así me parece demasiado exterior, demasiado superficial para que me guste. No sé, la verdad, si podré acostumbrarme.

No comprendo bien la manera de ser española; a primera vista parece que se vive aquí con una gran libertad, pero después se advierte que la moral tiene frenos de hierro.

De la vida informe de Rusia a ésta, tan sometida a reglas estrechas, hay, como se dice, un abismo.

Éste es un pueblo con dogma, pero sin moralidad, con gestos, pero sin entusiasmo, con franqueza y sin efusión. No lo comprendo bien.

Gran parte de su manera de ser creo que procede de la falta de hogar. La calle les parece a estos meridionales el pasillo de su casa; hablan a las novias en la calle, discuten en la calle; para la casa no guardan más que las funciones vegetativas y la severidad.

El español, como Arlequín celoso, se muestra amable

---

[17] La acción deja paso una vez más a las reflexiones; el elemento ensayístico, común a todas las novelas barojianas, adquiere aquí una gran importancia.

y sonriente ante el público; dice sus chistes, hace sus gracias, y luego encierra y trata severamente a la pobre Colombina.

Tanta severidad acaba con el hogar, al menos con el hogar sociable, civilizado. A mi marido le choca la preocupación mía; no comprende qué deseo, qué espero, qué echo de menos.

—¿Pero es que no vamos a tener casa? —le digo yo.

—Ya la tendrás, no tengas cuidado —me contesta.

Para él, sin duda, la perspectiva del hogar es una perspectiva fastidiosa y desagradable. Considera que se vive bien así.

Hoy hemos estado en casa de una señora parienta de mi marido, que tiene tres hijas. Las tres han estudiado en un colegio aristocrático, donde han aprendido únicamente a rezar y a hacer labores.

Tienen las tales niñas, así las llama su madre, a pesar de ser talluditas, un carácter de coquetería, de ñoñería y de infantilismo verdaderamente desagradable.

Estas señoritas parecen niños mimados y empalagosos; no les gusta nada, no quieren nada. Sólo hablar de novios o de trajes les saca de su marasmo.

Viven soñolientas, alimentando la imaginación con el recuerdo de las fiestas del año pasado y pensando en las del año próximo.

A mi marido le parece esto muy bien, porque dice que tiene carácter, pero si la única razón de vivir las personas fuera el carácter, nos habíamos lucido.

Hay aquí muchos prejuicios y lugares comunes aceptados como artículos de fe. Las españolas suponen que las demás mujeres del mundo nos pasamos la vida andando de un lado a otro. Se figuran que todas somos como las turistas inglesas: un poco hombrunas y muy decididas. Yo les digo que no; que en otras partes se vive también muy en su casa, con la diferencia de que el hombre no es el dueño absoluto, porque comparte la dirección de todo con la mujer.

También hay un equívoco con la libertad de hablar a

los hombres y la coquetería. Aquí se cree que la extranjera es una mujer libre y atrevida, y esto en parte es verdad y en parte no.

Cierto que yo no he vivido en Rusia entre la misma clase de personas que en Italia y que en España; pero allí no he visto la coquetería refinada que hay en otros países.

Yo comprendo que las rusas que estudiábamos seríamos un poco pedantes hablando de medicina y de ciencias; pero al menos había entre nosotras entusiasmo, idealismo.

Las muchachas de aquí no quieren saber más ciencia que la de pescar marido rico; lo demás les tiene sin cuidado. Toda su inteligencia, toda su malicia, está al servicio de esta idea capital.

Un encauzamiento así de las facultades a un fin hace a la mujer soltera muy viva, muy graciosa, seductora para el hombre; en cambio, la mujer casada, como ya ha conseguido su objeto, como ya no tiene que ilusionar a nadie, se abandona y toma un aire de pasividad y de indiferencia absoluta.

Hay en el hotel una cubana muy joven, cuyos gestos y ademanes son una continua provocación. Se sienta en el patio en la mecedora, con una flor en el pelo y coquetea con todos; señores o criados para ella es lo mismo. Cuando no tiene con quién hablar, mira periódicos ilustrados, y esto parece que la fatiga.

Yo no he visto una mujer así: mira, sonríe, habla con una dejadez provocativa e incitante. Todos los hombres andan tras ella sin disimular la impresión que les causa.

Hablaba con mi marido de esta manera tan provocativa y tan coqueta, y mi marido decía muy convencido:

—Es una muchacha muy decente.

—¿Tú crees?

—Sí. Ya lo creo.

—En Suiza, una muchacha que se condujera así se supondría que era una *cocotte.* [18].

—Es que la moral varía con el clima —dice mi marido en broma.

—Eso debe ser, porque a los hombres de aquí, que les parece bien la conducta de esta muchacha, les parecería una cosa horrible si vieran una de aquellas estudiantas que se va a vivir con un hombre sin casarse con él.

—¡Ah, claro! En el fondo no hay más moral que esa —dice Juan.

Yo creo que sí, que hay otra moral que no es únicamente decorativa. Ésta quizá es la moral católica usual; pero hay otra más alta y más humana.

Se nota aquí claramente que los hombres no tienen consideración alguna por las mujeres.

Se habla de ellas como de caballos. No es raro oír decir a uno:

—¿Qué tal es esa mujer?

Y a otro que contesta:

—Es una buena jaca.

A pesar de esto, se canta mucho la galantería española.

---

[18] Palabra francesa con la que se designa a la mujer de vida ligera.

VIII

MALA NOCHE

Ayer mi marido se empeñó en que fuéramos a un café cantante que se llama de Novedades. Es un café dedicado exclusivamente al cante y baile flamenco, cuyo público principal es la gente del bronce de Sevilla y sobre todo los extranjeros.

En el fondo, el espectáculo está fuera de las costumbres actuales de la ciudad, pero se conserva como una cosa de carácter. El local es un patio con una galería en el primer piso con varios palcos.

Abajo hay mesas donde se sienta la gente a tomar café y a contemplar a los artistas.

Desde uno de los palcos vimos unas parejas de mujeres solas que bailaron bailes españoles; luego oímos a un tocador de guitarra y a una cantadora, y después a una comparsa grotesca que aquí llaman murga, de lo más canallesco y desvergonzado.

Yo no entendía bien lo que cantaban; pero por los gestos y ademanes, me pareció algo muy cínico y grosero.

Al volver al hotel me encontré con mi hija en brazos de la niñera, llorando. Tenía algo de fiebre. La acosté y me quedé a su lado.

Me temo que se haya enfriado en este cuarto sin calefacción, en donde entra el viento por puertas y ventanas que no cierran bien; también podía ser, y sería peor, que los mosquitos le hayan inoculado alguna intermitente[19].

Por la mañana he advertido al encargado del hotel, que si no hay habitación en el piso alto y con ventana a la calle, me marcho a otra parte.

El encargado ha desalojado una, y en ella estoy.

Al llegar la noche, Olga tiene miedo de que me vaya. Le tranquilizo y consigo que se duerma, agarrándola la mano[20].

Juan ha salido y tarda. Envío a Graciosa a acostarse, y me quedo sola. Una serie de pensamientos tristes me angustian y sobrecogen.

Temo en mi vida haberme equivocado otra vez.

No he tenido fuerza para luchar con el que se me imponía. He sido vencida por él, por Juan, y ahora comienza a mirarme como la presa fácil que no se estima.

El mundo es ansí. Esta sentencia del escudo de Navaridas se me viene a la imaginación a cada paso.

A media noche me sacan de mi desvarío los pasos de alguien que se acerca por el corredor. Pienso si será Juan, pero no es él; es algún huésped, y algún huésped retardado y malhumorado, porque se le oye gruñir, taconear y tirar las botas al suelo con furia...

Olga se despierta y comienza a llorar. Tengo el corazón oprimido, mi marido no viene...

---

[19] Se entiende «enfermedad que produce fiebre intermitente».
[20] En la 1.ª edición, *de la mano*.

XI

POR LAS DELICIAS

No me quiero quejar; mi marido cree que no tengo derecho a quejarme; me ha propuesto vivir así, de fiesta en fiesta, de teatro en teatro, constantemente en la calle. ¿No quiero hacer esta vida? Pues la hará él. No debo quejarme.

No comprende Juan que soy madre, que tengo una hija a la que debo cuidar y educar, sin duda se figura que con alimentarla y dejarla en brazos de la niñera he cumplido con mi deber.

He pasado estos últimos días bastante tristemente. Por la tarde voy con Olga y con Graciosa al paseo de las Delicias. Es un hermoso paseo con sus palmeras, sus naranjos y sicomoros, pero me da una gran impresión de tristeza.

Me parece que estoy convaleciente de alguna enfermedad, y la luz fuerte, la tibieza del aire, me producen una impresión de languidez y de nostalgia.

Muchas veces no llegamos a las Delicias y nos sentamos en la plaza del Triunfo. En la acera de la casa Lonja suelen andar unos cordoneros que hacen cordones con carretes de distintos colores, y Olga se divierte mucho viéndolos[21]. Los días que llueve bajamos la niña, Gra-

---

[21] En la 1.ª edición: «... *de distintos colores. / Olga se divierte mucho viéndolos*».

ciosa y yo al salón de lectura. Constantemente suelen estar aquí un abate francés con un señorito a quien enseña matemáticas.

El muchacho hace como que oye atentamente las explicaciones del preceptor, pero se ve que no piensa en lo que le explica.

He pasado una Nochebuena triste, sosa, banal, en el salón de lectura, leyendo unos libros en francés. La lluvia salta en las losas blancas y negras del patio, golpea en las hojas de las palmeras y de los plátanos, y el surtidor del centro sube en el aire...

X

VAMOS AL MUSEO [22]

Hoy hemos tenido una visita, la de un primo de mi marido que se llama José Ignacio Arcelu, que ha llegado en compañía de un pintor vascongado, Ricardo Briones.

Arcelu es alto, flaco, encorvado; va vestido de una manera extravagante; no sé si es que tiene mal gusto para vestir o es que es pobre y aprovecha mucho la ropa; pero usa unos chaqués absurdos.

Al verle por primera vez sorprende por su tipo raro. Arcelu debe estar ya en los cuarenta años: es enormemente calvo, va todo afeitado y tiene canas en las sienes. Usa monóculo que encaja de cuando en cuando en la órbita, porque no ve igual con los dos ojos.

Entre el tipo raro, el monóculo y la falta de acento, habla español sin ningún carácter regional, muchos le toman por extranjero.

---

[22] Es uno de los capítulos típicos de la novela barojiana, dedicado casi por completo a la transcripción de discusiones entre personajes que mantienen puntos de vista muy opuestos. En este caso, la mayor parte de ellas giran en torno a la pintura, arte sobre el que Baroja no pierde la ocasión de polemizar siempre que aparece el tema en su obra. La funcionalidad de este capítulo en el desarrollo de la historia es importante, ya que en él aparece el personaje de José Ignacio Arcelu y comienza a apuntarse una corriente de simpatía entre éste y Sacha en el momento en que la joven rusa sufre las primeras decepciones con su marido.

El pintor Briones es un hombre bajito, muy simpático, con la mirada viva y brillante y el bigote gris.

Mi marido ha convidado a los dos amigos a comer con nosotros. Briones cuenta en la mesa una serie de anécdotas muy graciosas de su vida de bohemio. Arcelu las celebra riendo.

Después, Briones y mi marido discuten de cuestiones de pintura con tanta viveza, que la gente de las mesas de alrededor se nos queda mirando.

La discusión ha sido principalmente acerca de si Andalucía es más pintable o menos pintable que el resto de España, y sobre todo, que el Norte.

—A mí no me gusta el paisaje andaluz —dice Briones—; para mí, esto no se puede pintar. Con sol, es de una luz terrible, y sin sol es feo; no tiene matices.

—En cambio, el paisaje del Norte —dice mi marido—, con niebla está bien, pero es oscuro, y con sol es agrio y chillón.

—Sí —dice Briones—; pero hay efectos atmosféricos, que son los que a mí me gustan; hay tonalidades suaves, perspectivas lejanas... y aquí no.

—¿Entonces, no piensa usted pintar aquí? —le pregunto yo.

—Sí, tengo que pintar, porque los pocos cuadros que vendo, los vendo fuera de España, y si envío un paisaje sin sol, me dicen: «Esto no es España.» Y tengo que venir a Andalucía, aunque no me gusta esta luz.

—Pero yo no comprendo bien por qué no le gusta a usted una luz tan hermosa, tan clara —le he dicho yo.

—Sí; para pasear, para tomar el sol, esto es muy hermoso —replica Briones—; pero a mí me parece impintable. Aquí hay mucha luz, pero poco color; esta vegetación del Mediodía tiene muchas menos tonalidades que la del Norte de España; la fuerza del sol y el polvo borran los matices y hacen todo más blanco y más negro. Además, en un día sereno como los de aquí no se puede dar la impresión de la atmósfera; ¿cómo se pinta un cielo uniformemente azul? Es imposible. Se necesitan nubes. Una detrás de otra, para que se note el espacio. Yo un cielo vacío no lo puedo pintar; necesito que haya algo en él, que esté amueblado[23].

Esto del cielo amueblado nos ha parecido un poco cómico.

—Todo eso será verdad —ha dicho Juan, no sin cierta dureza—; pero no evita que con esta luz y este sol hayan pintado los mejores pintores del mundo: Velázquez, el Greco, Zurbarán, Goya...

—Sí; pero es que buscaban la figura —replica Briones—; no les preocupaba el paisaje, o, a lo más, les preocupaba como una cosa decorativa. ¿No le parece a usted, Arcelu?

—Yo, ya sabe usted que no entiendo nada de pintura —ha dicho Arcelu—. Además creo que la pintura no tiene importancia. Si viviera Leonardo da Vinci, probablemente preferiría construir aeroplanos que pintar cuadros. Hoy la pintura no la pueden cultivar más que gentes de mentalidad inferior.

La opinión de Arcelu ha producido una verdadera cólera en Juan, que ha acusado a su primo de farsante y de preocupado por parecer original. Arcelu ha sufrido la acusación con estoica indiferencia y ha replicado con su frialdad acostumbrada.

—Yo no veo que el arte colabore en nuestra civilización; por eso no me entusiasma. Me gusta preocuparme de las cosas humanas, y en este sentido, lo que más me interesa es la ciencia y aún más todavía el nacimiento de la conciencia colectiva. Éste creo yo que es el fenómeno más grande que registra la historia moderna[24].

—Sin embargo, el arte —he comenzado a decir yo.

—A mí la efusión artística —ha interrumpido Arce-

---

[23] Romero Tobar (ed. cit.) pone de manifiesto cómo esta discusión entre los personajes es una reproducción casi exacta de las conversaciones de Baroja con el pintor Darío Regoyos, que aparecen recogidas en las *Memorias* de aquél. *(O.C.* VII, págs. 889-891).

[24] Compárense estas opiniones con las que sostiene Sacha en el capítulo IV de la segunda parte.

lu— me parece el puente de los asnos donde se reúnen todos los imbéciles y todos los rutinarios de Europa.

Briones ha dicho que si se refería a los críticos tenía razón.

Luego han discutido acerca de la pintura española moderna. Briones encuentra a Zuloaga más artista que Sorolla; pero si le elogian a Zuloaga, entonces le parece mucho mejor Sorolla.

—Yo creo —ha dicho Arcelu, seriamente— que Sorolla tiene un mérito geográfico y climatológico.

—¡Hombre! Es extraño ese mérito en un pintor.

—Sí —ha seguido él—. Se ve un cuadro suyo y se puede afirmar: Ésta es la playa de Valencia, a las tres de la tarde de un día de julio en que hace 39 grados a la sombra.

—Entonces debe ser un gran paisajista —he dicho yo.

—Sí, es posible; pero como a mí no me gusta encontrarme en una playa ni en ese tiempo, ni a esas horas, ni a esas temperaturas, pues no me resultan los cuadros de Sorolla.

—¿Y Zuloaga?

—Zuloaga como pintor no sé si es bueno o malo; creo que no es tan bueno como Sorolla. Ahora se diferencia mucho de éste. Sorolla, artista, no tiene ninguna idea anterior a su obra; Zuloaga sí tiene una idea anterior de su país, pero es una idea falsa. Es la idea teatral de cualquier francés, que quiere encontrar a Carmen la cigarrera en todas partes. Zuloaga cree, o hace como que cree, que España es un país de enanos, de brujas, de monstruos, de cosas extraordinarias. Y esto no es verdad. La España actual es un país de una civilización menos intensa que los pueblos del centro de Europa, pero que en el fondo no tiene nada específico[25].

---

[25] Esta comparación de Arcelu entre la pintura de Zuloaga y la de Sorolla es también recogida en parecidos términos en las *Memorias* de Baroja *(O.C.* VII, págs. 891-897 y 900-902).

—No, no; creo que exagera usted la tesis contraria. España tiene algo suyo.

Después de comer, el pintor Briones ha propuesto que fuéramos al museo. Yo he advertido que tenía que ir con Olga a las Delicias, pero mi marido se ha incomodado.

—Ya no tanto —ha dicho—; no es cosa de que no puedas hacer nada por la niña.

—Bueno, bueno, iré.

Hemos salido y marchado al museo. Briones y Juan han discutido con apasionamiento.

Arcelu iba conmigo.

—Si tiene usted que ver a la niña —me ha dicho—, yo la acompañaré, porque éstos se van a eternizar aquí discutiendo si la nariz de uno de estos santos debía de ser blanca o roja.

—Estaré un momento.

Arcelu se ha dedicado a hacer observaciones cómicas. Se ponía el monóculo y decía:

—¿No le parece a usted que este Murillo debía ser un hombre estólido?

—No sé por qué.

—A mí me da esa impresión.

Luego hemos estado contemplando un santo que se está marcando con un estilete una H en el pecho, encima del corazón, y ha dicho Arcelu:

—Ésa es la marca de la ganadería.

—No debía ser un mal Veragua[26] —ha añadido el mozo del museo, riendo.

—Esa marca se la pone para que cuando se muera lo reconozcan arriba —ha añadido Arcelu—. Así no hay que catalogarle. Llega al paraíso, dice a la puerta, letra H, y ya se sabe que sitio le corresponde.

Luego, Arcelu se ha parado delante de la figura de San Ignacio, pintada por Zurbarán.

—Qué cara de granuja tenía este tipo, ¿eh?

---

[26] Se entiende «toro de la ganadería del Duque de Veragua».

—¿Quién es?

—San Ignacio. Hoy es el capitán general más importante del ejército católico. ¡Y eso que le han cortado las alas! ¡Que si no! desbanca al mismo Padre Eterno, da un golpe de Estado y se corona él, o por lo menos proclama la República allá arriba y se hace dictador, como esos generales sudamericanos.

Arcelu me ha instado para que dijera cuándo quería volver al hotel. No he tenido necesidad de decir nada, porque han avisado que iban a cerrar el museo y hemos salido todos.

Al pasar por la calle de las Sierpes me decía Arcelu:

—Como ve usted, los hombres nos creemos aquí uno de los mejores ornamentos de la ciudad.

—¿Por qué?

—¿No ve usted cómo nos exhibimos en casinos y en peluquerías?

—Sí, es verdad. Es un poco cómico. ¿Y las mujeres no pueden exhibirse en alguna parte?

—¡Ca!, no. Ustedes no tienen bastante importancia para eso.

Hemos vuelto al hotel.

—¿Vas a estar mucho tiempo aquí? —ha preguntado mi marido a Arcelu.

—Sí; es posible que esté cerca de un mes, porque el rey va a venir a pasar una temporada a Sevilla y tendré que mandar alguna cosa a mi periódico.

—¿Por qué no te quedas en este hotel?

—No, no.

—¿Por qué?

—Éste es un hotel de ricos; yo estoy en una fonda modesta.

—¡Qué tontería! Yo te apuesto cualquier cosa a que el dueño del hotel te tiene aquí por el mismo precio que pagues allá. Si quieres se lo preguntaré.

—Bueno.

—¿Y si es igual te quedas aquí?

—Sí; me quedaré.

XI

LOS CARACTERES HOSTILES

Mi marido ha hecho que Arcelu venga a vivir al hotel. Le han dado un cuarto en el piso segundo, próximo al mío.

Aunque sea por egoísmo, me alegro de que Arcelu esté en el hotel, porque es un hombre muy amable y muy atento conmigo.

El pintor Briones parece que ha marchado a Granada en busca de paisajes y de cielos *amueblados*.

Como yo me suelo quejar del frío en este hotel, Arcelu ha comprado una estufa, y él mismo la ha colocado en mi cuarto.

—Ahora, me pague la cuenta Juan —ha dicho.

—Naturalmente —le he contestado yo—. Muchas gracias.

—Lo he hecho —me ha replicado él— pensando que usted me dejará pasar aquí una hora de tertulia al día.

—Las que usted quiera.

Arcelu y Graciosa se encargan de la estufa. Arcelu tiene gran cuidado de que la temperatura oscile entre 18 y 20[27] grados. Suele poner encima de la estufa un cazo con agua, para que hierva, y echa hojas de eucaliptus y resina que compra en las boticas.

---

[27] En 1.ª edición, *diez y ocho y veinte*.

Desde que hay calor, ya mi cuarto tiene más aire de hogar.

—¿Qué, te ha puesto estufa el amo? —me ha preguntado mi marido.

—No, ha sido Arcelu.

—¿Se ha metido a estufista ahora?

—Dice que lo ha hecho a condición de que le permita venir a pasar unas horas de tertulia al anochecer.

—Ese Arcelu es una vieja beata —ha dicho Juan.

Mi marido siente una profunda antipatía por Arcelu; más que antipatía, una incompatibilidad que tiene razones de temperamento y de familia.

A Juan, como hombre enérgico y decidido, le gusta dominar y ser el director; ir, por ejemplo, todos a un lado, luego, todos a otro; pero Arcelu es irreductible, se mete en su cuarto, lo cierra y se pone a pasear y a tararear una canción vasca y otra andaluza, y no sale aunque se lo pidan como favor especial.

—No tengo nada que hacer —decía el otro día—, pero me gusta estar solo.

Un individualismo tan huraño, a mi marido le incomoda y le irrita. Así como está dispuesto a encontrar la gente más simpática y amable a todo el que se deje llevar por él, en cambio, le parece un tipo odioso y absurdo el que intenta sustraerse a su dirección.

Las razones de familia obran más en mi marido que en Arcelu. Parece que la casa de éste se fue arruinando por abandono y por mala administración.

El padre de Juan compró a un precio muy bajo las posesiones que los Arcelus[28] tenían en Jerez y en el puerto de Santa María, y luego, cuando le convino, las fue vendiendo.

Mi marido, por lo que veo, supone que Arcelu guarda cierto resquemor contra él; pero creo que no. En el fondo, Arcelu debe de ser un hombre sin energía para odiar.

---

[28] En 1.ª edición, *los Arcelu.*

Hay días enteros que se pasa andando de un lado a otro por el corredor, tarareando alternativamente la canción andaluza y la canción vasca.

Cuando se cansa de tararear comienza a silbar.

—Con esos paseos de fiera enjaulada me recuerda usted aquel tipo de Ibsen, Juan Gabriel Borkman [29] —le he dicho yo.

—¡Ca! —ha contestado él—, a no ser que lo diga por reírse de mí.

—Nada de eso.

—Ibsen quiso pintar allí un hombre fuerte y sin medios de acción. Yo no, yo en el fondo soy un pobre diablo. Es decir —agrega luego—, en el fondo y en la superficie.

Cuando entra en el comedor el buen Arcelu, suele venir frotándose las manos.

—¿En que está usted contento? —le he preguntado varias veces al verle así.

Él me mira con asombro, y dice: —No; ¿por qué?

Se ve que exagera la sonrisa y el acento para fingir alegría y dar importancia a las cosas.

—¡Hombre! ¡Hombre! Tenemos langosta —exclama frotándose las manos. Y luego no la come, porque no la puede digerir.

Arcelu debe estar convencido de que es de muy mal tono manifestarse ante los demás malhumorado o descontento.

Me da pena este hombre. Mi marido dice que es un farsante, que a fuerza de vivir a la moda, con ideas de *snob* y de echárselas de espiritual, se ha arruinado y se ha hecho enemigo del *snobismo* y del *chic* [30]; pero, aun-

---

[29] Protagonista del drama del mismo nombre de Ibsen; se trata de un banquero que vive encerrado en su casa tras el fracaso de unas arriesgadas operaciones financieras que han arruinado a gran número de accionistas.

[30] Palabra francesa que designa cierta coquetería en la elección de la indumentaria.

que esto sea verdad, no creo que haya motivo para tenerle odio.

El hombre, en medio de su charla amable y mundana, se queja a veces distraído y absorto, con una cara de viejo, tan decrépito, tan triste, que produce impresión de lástima.

Mi marido le suele atacar con violencia y con intención de ofenderle; pero el otro se defiende con maña, descarta todo lo que tiene de personal el ataque, sin darse por aludido, y cae sobre las ideas del adversario buscando razones unas veces fuertes y otras cómicas.

XII

LAS DESILUSIONES DE ARCELU

Por las tardes, al anochecer, oigo pasos cerca de la puerta y luego dos golpecitos suaves.

—¿Se puede pasar? —pregunta Arcelu.

—Adelante.

Arcelu entra, acaricia a la niña, mira a la estufa, luego al termómetro, dice dos o tres palabras a Graciosa en vasco y se sienta a la mesa.

—Si no le molesta a usted, voy a venir a hacer cigarros aquí.

—No; no me molesta.

Arcelu trae tabaco que extiende sobre un papel, y con una maquinilla va liando cigarros muy cuidadosamente. Olga le importuna y abusa un poco, y él le hace pajaritas de papel y le cuenta cuentos.

Arcelu cuenta los cuentos de una manera dramática; además, para darles mayor interés, hace un muñeco con el pañuelo, a quien considera el personaje y le insulta, le hace reflexiones filosóficas, le recrimina por sus vicios y por sus crímenes.

A Olga le divierte muchísimo.

La historia de Arcelu es curiosa. Su padre fue un vasco que se estableció en el Puerto de Santa María y se hizo rico en el comercio de vinos.

Arcelu estudió en un colegio de jesuitas, y al salir de

él tenía tanta antipatía por todo lo que se relacionase con el pueblo, que no quiso estar allí más tiempo.

Se fue a Inglaterra y pasó en Londres muchos años. Al principio su familia le enviaba bastante dinero, luego menos y al último nada.

Un pariente que administraba las fincas, después de la muerte del padre, se encargó de arruinar a Arcelu y a sus hermanas. Arcelu dice de este pariente enriquecido a su costa, que no es que fuera en realidad un ladrón, sino que jugaba con los ceros.

—Ahora, cuando uno tiene la habilidad de jugar con los ceros —añade gravemente—, y no le llevan a la cárcel, se enriquece siempre y arruina a los demás.

A los quince años de estancia en Londres, Arcelu se encontró con que no le quedaban para toda su vida más que unos tres mil francos.

Entonces se estableció en Biarritz en una pensión de última clase, y desde allí comenzó a mandar cartas y algunas veces telegramas gratis a los periódicos ingleses y americanos, hasta que uno de los más importantes le aceptó como corresponsal en España, y comenzó a ganar lo suficiente para vivir.

Se ve que Arcelu es un hombre que podría ser cualquier cosa, porque tiene aptitudes muy diversas. Quizá esta misma facilidad le perjudica y le hace ser exclusivamente un *dilettanti*[31]. Él dice que hay una frase española que le cuadra muy bien; es ésta: «Aprendiz de todo, maestro de nada.»

Las cuestiones técnicas y complicadas son las que a Arcelu le encantan. Afirma que le da muchas más sensaciones un manual de relojería que el *Quijote* o el *Hamlet*.

Ahora se dedica a leer un tratado del cazador de pájaros, que según dice es admirable. Piensa aprovechar sus notas en varios artículos acerca de la caza en España.

Le he instado para que me lea algún artículo suyo,

---

[31] *Sic,* por *dilettante;* también en la 1.ª edición.

pero no quiere; asegura que es una cosa ridícula con alabanzas a todo el mundo; pero como el público suyo es un público de advenedizos, tiene que escribir así.

—Es usted un hombre extraordinario —le digo yo.

—No; no lo crea usted. No lo soy, y tampoco quisiera serlo —contesta él—. Lo que sí he tenido siempre es como una tendencia de acabar. Me gustaría ser uno de esos obreros ingleses que trabajan toda la semana, y el sábado se emborrachan hasta que caen como muertos.

—¡Pues vaya un plan!

—También me gustaría la vida de esas gentes que tienen un odio fuerte contra un cacique o un capataz, y que un día se sublevan y lo degüellan.

—Pero usted no tiene más que ideas de destrucción —le digo yo.

—Sí es verdad; tengo un instinto de destrucción grande; ahora, que como no tengo voluntad ni perseverancia, no lo he podido realizar nunca. Si hubiera sido uno de esos hombres que tienen papel en el mundo, creo que mis únicas pasiones hubieran sido la gloria y el exterminio.

—Es usted un fantaseador.

—Sí, es posible; pero hay algo de verdad en lo que digo. Me hubiera gustado vivir en una sociedad inmoral, entre hombres corrompidos por el poder, en el seno de la violencia y dejar un nombre un tanto execrado.

—Ésas son cosas que se le ocurren a usted metido en su cuarto.

—Es que aunque le parezca a usted cómico, lo siento así. En el cuarto me meto más que nada, por encontrarme un poco, para saber que yo soy yo.

—¿Qué le pasa a usted? ¿Tiene usted poca voluntad?

—Ninguna. Para mí todas las cosas están como detrás de una serie de obstáculos. El más insignificante detalle de la vida práctica me produce una gran turbación[32]. ¿Usted ha estudiado medicina, verdad?

---

[32] Nuevamente la abulia como rasgo característico de un personaje.

—Sí.

—¿Usted sabe cuál es en el cerebro el centro de la volición?

—No. No sé si existe.

—Porque ese centro yo lo debo tener atrofiado. Mi voluntad es tan grotesca que no me dice ni me ordena nada. Cualquier cosa que otro resuelve instintivamente, yo tengo que resolver por razonamiento. Desde ponerme los pantalones hasta salir a la calle, he de ir calculando todos los días si sería mejor hacer o no hacer.

—¿Es que la vida no tiene atractivos para usted?

—¡Psch! No he pensado nunca en eso. Verdad es que no he sospechado nunca que la vida pueda tener atractivos.

—¿Ha sufrido usted grandes desilusiones?

—Sí, algunas. Sobre todo, de chico.

—¿De chico? Es raro.

—De pequeño, una cosa que me preocupaba, era el Carnaval; creía que bastaba ponerse la careta para que uno se sintiera vivo, ingenioso, lleno de gracia. Un domingo de Carnaval, en el Puerto de Santa María, me vestí de máscara y salí a la calle. Vi pasar a un amigo y me acerqué a él dispuesto a embromarle. ¡Adiós! ¡Adiós!, le dije, y no pude salir de ahí. Avergonzado, fui al paseo de la Victoria, me quité la careta, me senté en un banco y casi estuve a punto de romper a llorar.

—Vamos, la desilusión no era muy grande —le he dicho yo.

—A mí me pareció enorme. Otra vez estaba en Madrid; tenía diecisiete o dieciocho años, y quería tener novia. Un día con un amigo nos acercamos a dos muchachitas y las acompañamos. Yo quería demostrar que era un hombre ingenioso, ameno, y estuve hablando con la muchacha hasta cerca de su casa. Ya en el portal, se volvió la chiquilla, me miró y me dijo: ¿Es usted catedrático? Yo me quedé avergonzado. Fue mi segunda gran desilusión.

—Pues tampoco me parece tan grande.

—Era el convencimiento de mi falta de gracia, de interés, de amenidad. Creo que mi tercera desilusión importante la tuve como jugador de billar. Yo creía que sabía jugar. Un día me encontré con Juanito Díez, un condiscípulo del Puerto. «¿Tú juegas al billar?» —me dijo—. «Sí, juego bastante bien» —le contesté yo—. «Yo, no; yo juego poco» —dijo él—. «¿Quieres que juguemos?» «Bueno.» Jugamos y me ganó tres veces seguidas. Él jugaba poco, pero yo no jugaba nada. Fue mi tercera desilusión grande. Así es que cuando yo oigo decir a la gente: Se tienen muchas desilusiones con las personas, yo suelo pensar: No, con quien se tienen desilusiones es con uno mismo.

—Es usted un farsante, señor Arcelu —le digo yo cuando acaba de hablar.

—Sí, es posible —replica él sonriendo.

XIII

UNA RUINA JOVIAL

A pesar del tono jovial que emplea con frecuencia Arcelu, hay una gran tristeza en todo lo que dice. Se ve que vive en un profundo desconcierto. Él se cree un hombre poco agradable y no es verdad.

Hay aquí en el hotel una jovencita muy graciosa que le mira mucho. Se lo he indicado y él ha dicho:

—Sí, a veces hay mujeres que tienen tendencia a acercarse a tipos como yo; pero no es porque sientan gran simpatía por la manera de ser de esos hombres, sino más bien porque quieren traerlos al orden, a la regularidad. Esta fuerza centrífuga que tenemos los tipos antisociales a la mujer le molesta. Ellas son como chicos que quieren cazar vencejos y tenerlos metidos en una jaula.

—¿Y usted se siente vencejo?

—Sí, soy un vagabundo sin raíces en ninguna parte. Mi tendencia ha sido siempre huir y destruir. Esta tendencia destructora en un hombre sin fuerza como yo es una cosa cómica. Yo soy como esos animales mal construidos que parece que alguno los ha hecho por entretenimiento.

—No sea usted tan severo consigo mismo, Arcelu —le digo yo—. Está usted fantaseando.

—No, no; de chico leí una novela de Mayne Reid[33], en donde un grumete maltratado va a la sentina del barco y hace un agujero para que se hunda. Cuando estaba en el colegio, aunque no me maltrataban, yo no pensaba más que en echarlo abajo, hacer algo como aquel grumete. Luego, cuando salí de allí, mi afán consistió en huir. Primero me marché de casa.

—¿Estaba usted mal con la familia?

—No, pero se me metió en la cabeza que mi padre era un tirano insoportable. Iba por el camino pensando en mi madre y en mis hermanas llorando. Mi dignidad lo exigía. Después, en mi vida no he hecho más que huir de todo, de ser andaluz, de ser vasco, de ser español, de ser rico, de ser bueno, de ser malo. Si no fuera tan definitiva la fuga...

—Hubiera usted huido de la vida.

—Probablemente.

—Arcelu, es usted un pobre hombre.

—Sí, es verdad; un pobre hombre completo.

—¿No quiere usted desear nada?

—No, no.

—¿Ni protestar de nada?

—No, ¿para qué?

—¿Ni competir con nadie?

—Con nadie.

—Pero eso le hace a usted daño.

—No, ahora no. Antes sí me escocía, pero me he ido acostumbrando.

Y Arcelu mira sonriendo con su cara de viejo, decrépita y lamentable.

---

[33] Thomas Mayne Reid (1818-1883), novelista irlandés autor de novelas de aventuras.

Tiene este hombre una risa que llora.

En cada arruga de su cara parece que hay un dolor que se ha hecho una mueca amable. Es una ruina humana de la que sale una palabra jovial.

XIV

EL GRUMETE DE MAYNE REID

Como mi marido falta tan a menudo de casa, hablo mucho con Arcelu, que me hace compañía. Arcelu tiene la manía del análisis y de las definiciones. Yo le digo que esa es una enfermedad de la que debía curarse.

—Sí —decía él el otro día—, uno va buscando la verdad, va sintiendo el odio por la palabrería, por la hipérbole, por todo lo que lleva oscuridad a las ideas. Uno quisiera estrujar el idioma, recortarlo, reducirlo a su quinta esencia, a una cosa algebraica; quisiera uno suprimir todo lo superfluo, toda la carnaza, toda la hojarasca [34].

—¿Para qué?

—Para ver claro, sin oscuridades, sin brumas.

—Pero lo brumoso tiene también sus encantos.

—A mí no me gusta más que lo claro, lo frío, lo agudo, lo que está desprovisto de perífrasis, y cuando uno avanza por este camino ve uno que se dibuja su figura como la caricatura de un inquisidor. Comprende uno que un rayo en la inteligencia podría hacer de uno un hombre grande, un hombre bueno, pero nunca un hombre social.

---

[34] Las palabras de Arcelu reflejan el ideal estilístico de Baroja, su predilección por un lenguaje directo, alejado de toda artificialidad, a la que se ha aludido en la introducción.

—¿Ya va usted a la sentina, como el grumete de Mayne Reid? —le pregunto yo.

—Sí, no puedo salir de ella.

Arcelu, según me dice, cuando está en un país hace un cuadro sinóptico de todas las cosas desagradables que son verdad y de las cuales no debe hablar en sus artículos.

En el cuadro sinóptico de España, dice que ha dejado chiquito en sagacidad a Sherlock Holmes, el detective de las novelas policiacas de Conan-Doyle.

Las observaciones de Arcelu, que a mí me hacen gracia, a mi marido le exasperan.

Se lo he hecho notar a Arcelu, y me ha dicho:

—¡Ah, claro! Somos dos tipos opuestos: él es un impulsivo y yo un razonador. A él no le gusta que se le deshagan los planes entre los dedos; lo que quiere es constantemente hacer algo. A mí, en cambio, me gusta pedantear un poco acerca de la vida y de la sociedad. Tengo este defecto.

XV

LA ARISTOCRACIA Y EL PUEBLO

Arcelu no quiere[35] más que hablar a todo pasto.

—Hoy —me ha dicho al entrar en el comedor— he escrito una crónica acerca de la sociedad elegante española, tomando los datos de un periódico madrileño, y cuando la escribía me estaba riendo. ¿Usted ha estado en alguna recepción palaciega en Madrid?

—No.

—Pues no se puede usted figurar qué gente más fea va, qué poco aire distinguido tienen todos. Éste es el país de los viceversas. Mire usted a estos camareros; parecen todos príncipes, con su frac y su aire desenvuelto.

—Sí, es verdad. Aquí todo el mundo tiene carácter.

—Todo se nos va en eso. Estábamos una vez en Granada, en la mesa redonda de una fonda barata, y había tal conjunto de tipos aguileños y raros, que un italiano le decía a otro: *Questo é un circolo gallistico*[36].

—Y ese carácter que tiene la gente pobre, ¿no lo tienen los aristócratas?

---

[35] La utilización del presente de indicativo indica la simultaneidad del tiempo de la acción y el de la escritura y el texto pierde su carácter diarístico al convertirse en una transcripción de las palabras de Arcelu. La visión intimista es sustituida por una visión externa-objetiva.

[36] «Esto es una reunión de gallos.»

—Sí; en el fondo lo que pasa es que no hay diferencia entre unos y otros. Aquí no hay raza aristocrática. Ni espíritu aristocrático tampoco.

—¿Por qué?

—Por muchas razones. Primeramente, esa tendencia orgullosa a distinguirse que han tenido, sobre todo lo aristócratas ingleses, aquí no la ha habido; luego la aristocracia española, ya desde hace tiempo se desentiende de toda actuación en la colectividad, piensa que no tiene deber, ni, por lo tanto, derecho, más que el que le pueda dar su dinero.

—¿Es decir, que ya no se siente aristocracia?

—Eso es. Hay países donde la aristocracia lucha con fuerzas democráticas formidables, y a veces llega a dominarlas y a imponerse como una cosa útil y necesaria. Ese multimillonario americano, que regala millones y millones a Universidades, a museos, a centros de enseñanza, es un valor indudablemente. El aristócrata español hace todo lo contrario, si tiene cuadros de mérito los vende, no da un céntimo para nada que sea general, y si puede ocultar su riqueza, la oculta.

—¿No será porque el millonario yanqui es un advenedizo y el aristócrata español un noble antiguo algo degenerado?

—No. No hay familia que en línea directa pueda durar cuatrocientos años. En algunos pueblos de Inglaterra se ha visto que en trescientos años se extinguían casi todas las familias fundadoras.

—Entonces, ¿no hay aristocracia?

—La hay y no la hay. Lo que no hay es una aristocracia que sea lo mejor del país. Yo creo, como el doctor Iturrioz[37], un señor que ha escrito unos artículos sobre el porvenir de la Península, que en España, desde un

---

[37] Personaje que actúa como interlocutor del héroe en otras novelas barojianas sirviéndole de contrapunto ideológico: de Andrés Hurtado en *El árbol de la ciencia* y de María Aracil en *La ciudad de la niebla*.

punto de vista étnico y moral, hay dos tipos principales: el tipo ibero y el tipo semita. El tipo celta, el *homo alpinus* mongoloide, no es más que un producto neutro influenciado por los otros dos fermentos activos, según Iturrioz.

—¡Bah! No creo en esas cosas.

—Es una hipótesis. El tipo ibero, grave, fuerte, domina en España en la época de la Reconquista, anterior a la formación de la aristocracia; el tipo semita, astuto, hábil, aparece cuando los antiguos reinos moros entran a formar parte del territorio nacional, cuando se forma la aristocracia. El tipo ibero es el hidalgo del campo; el semita el cortesano y el artífice de la ciudad. Poco a poco, al hacerse la unidad nacional, toda la España semítica crece, triunfa, y la España ibera se oscurece. La ciudad predomina sobre el campo. La aristocracia se forma y se consolida. Probablemente, con el elemento más próximo, con el elemento semita.

—Todo esto no es más que una fantasía, una suposición.

—Sí, pero tiene alguna base; hay un libro de un arzobispo de Toledo [38], en el que intenta demostrar que las principales casas españolas proceden de moriscos y de judíos conversos. A mí no me chocaría nada; el judío entonces no iba a ser más torpe de lo que es hoy, y lo que el judío hace en nuestros días en Francia y en Inglaterra, cambiando su apellido alemán por otro francés o inglés, de aspecto decorativo y antiguo, lo haría seguramente entonces en España, dejando de ser Isaac, Abraham o Salomón, y apareciendo como Rodrigo, Lope o Álvaro.

—¿Y cree usted que eso ha podido influir en la marcha de España?

---

[38] En la 1.ª edición, *Burgos*. Según Romero Tobar (ed. cit.) se trata del libro *Tizón de la nobleza de España,* atribuido al cardenal Francisco de Mendoza y Bobadilla, que fue arzobispo de Toledo y no de Burgos.

—¿Por qué no? Por lo menos ha hecho que el elemento ibero, el elemento campesino, no haya tenido representación alguna.

—¿Cree usted?

—Es una explicación que yo me doy. Para mí durante todo el período brillante de nuestra Historia la España ibera queda borrada, suprimida, por la semítica. La literatura española clásica es medio italiana, medio semítica; el *Quijote* mismo es una obra semítica.

—Entonces, todo lo bueno es semítico en España.

—Si hubiese habido un ibero genial como Cervantes capaz de escribir un libro así, jamás se le hubiese ocurrido burlarse de un héroe como Don Quijote; se necesitaba ese sentido anti-idealista, nacido de los zocos y de los *ghettos* [39] para moler a golpes a un hidalgo valiente y esforzado; se necesitaba ese odio por la exaltación individualista, que ha sido la característica del español primitivo.

—Cuánta fantasía, señor Arcelu. Y la consecuencia que deduce usted de todo esto, ¿cuál es?

—¡La consecuencia! Que como la aristocracia española no es un producto depurado intelectual ni étnicamente, como es una aristocracia semítica, su actuación es ramplona, perjudicial. En España puede afirmarse que a mayor aristocracia corresponde mayor incultura, mayor miseria, mayor palabrería. La aristocracia en España va vinculada al latifundio, a las grandes dehesas, a los cotos de caza, que se quieren sin colonos; a la usura, a la torería, a la chulapería, al caciquismo, a todo lo tristemente español, y a estas cosas va unida la degeneración del pueblo, cada vez más pobre, más anémico, más enclenque.

—En todo esto que usted dice hay una porción de contradicciones. Tan pronto supone usted que los aris-

---

[39] Castellanizado *gueto.* Diminutivo del italiano *borghetto:* barrio en el que vivían los judíos en algunas ciudades de Italia y de otros países.

tócratas son iguales a los demás españoles, como que son distintos y peores. No se le puede hacer caso a usted, Arcelu. Además, no creo en esas divisiones de iberos y semitas; todo eso me parecen tonterías.

—Yo le doy a usted mis datos. Usted elija.

—¡Elegir! No es tan fácil para quien no conoce el país. Además, España es una cosa contradictoria. Encontrar un rasgo general, para mí sería imposible.

—Lo es también para nosotros los españoles. La consecuencia de todo esto es...

—Lo supongo. Que España va muy mal.

—¡Ah! Claro.

—Que son ustedes una raza inútil.

—Seguramente; de una enorme incapacidad actual para todo lo que sea orden, ciencia, civilización.

—¿Y qué será siempre así?

—Yo lo temo; pero ahora hay una secta nueva de europeizadores que, como usted, no cree en iberos y en semitas, y que dice que todo eso de la raza, de la alimentación, del clima, del medio ambiente, no tiene importancia, y que un negro no se diferencia de un blanco en el color, sino en que el uno sabe matemáticas y lee a Kant y el otro cuenta por los dedos y no ha leído la crítica de *La razón pura*.

—¿De manera, que hay esperanza?

—Parece que sí, que hay esperanza.

XVI

LOS CHIMPANCÉS Y LOS GORILAS

¿Y vida social? ¿Hay vida de sociedad entre la gente rica en España?

—Muy escasa. Aquí todos vivimos de nuestra propia sustancia. Y en Andalucía más aún. Así estamos tan consumidos. El hombre a quien no le gusten los toros y el vino, está perdido. Respecto a las mujeres, su misión es estar en su casa. ¿Creo que ha visitado usted a mis primas, que son también primas de Juan?

—Sí.

—Pues llevan la vida de la mayoría de las mujeres de la buena sociedad de aquí: no hacen nada, ni se ocupan de nada.

—Algo harán.

—Nada.

—Por lo menos leerán novelas.

—¡Ca!

—¿Qué personalidad pueden tener entonces estas mujeres?

—Personalidad intelectual o moral, ninguna. La personalidad femenina es un producto del Norte, de Inglaterra, de Noruega, de Rusia... Aquí en el Mediodía encontrará usted en la mujer la personalidad biológica, el carácter, el temperamento; nada más. Es el catolicismo, que ha ido vencido de su inferioridad[40]. Todas las sectas semíticas han mirado siempre a la mujer como un animal lascivo y peligroso.

—La vida de estas muchachas que no hacen nada, que no leen, que no tienen ocupación, debe ser horrible.

—Claro; una vida de envidia, de despecho, de tristeza; con las llagas ocultas por un poco de polvos de arroz místico que les dan en el confesionario. Estas primas mías, mientras el mundo no les envíe el pequeño aristócrata con una buena renta para casarse con él, se considerarán ofendidas. Y así viven, dormitando como boas en plena digestión, hablando del niño del marqués o del conde, de sus amigas las hijas del general...

—De eso, los hombres tienen la mayor culpa.

—Ah, claro. Los españoles consideran a las mujeres como a un enemigo no beligerante, al que se puede robar y entregar al pillaje. Las españolas miran a los hombres como a un enemigo beligerante, con quien se puede pactar.

—No hay que decir que en esta relación las mujeres salen perdiendo.

—Ah, mientras no haya ese pacto inmoral que se llama matrimonio, es indudable.

—¿Por qué le llama usted inmoral? Lo que es inmoral es que no se casen todas las mujeres. Yo creo que entre la casa de un empleado de París y la casa de un empleado de Sevilla están como los dos polos del hogar. El francés deja a su mujer en plena lucha por la vida; la mujer tiene que sufrir las consecuencias y los peligros de su libertad; pero esta lucha, cuando no mata, fortifica; en cambio, el español ahorra a la mujer el combate en la calle, la deja recluida en la casa, y esta reclusión tiene que hacer a la mujer cobarde.

---

[40] La frase resulta ininteligible al haberse saltado el cajista una línea en la composición. En la 1.ª edición el párrafo figura así:
Es el catolicismo, que ha ido *contra la mujer, que la ha sometido y la ha con*vencido de su inferioridad (en cursiva lo eliminado).

—¿Usted cree? Yo, a todas las casas a donde voy, veo que quien manda es la mujer.

—¿De manera que aquí el hombre es amable en el interior del hogar?

—En general, sí. El español, en esta época de democracia, es un buen animal doméstico; quizá lo haya sido siempre, y le han pintado, por equivocación, como un hombre terrible y feroz. Se preocupa de la casa y de los niños; es un buen padre de familia y un maridito aceptable.

—No, pues ese retrato no se parece en nada a mi marido.

—Es que Juan es un hombre a la alta escuela. Se destaca entre la ñoñería ambiente como un hombre esbelto entre jorobados.

—¿De manera que para usted, la España actual es un país ñoño, insulso?

—Completamente. Lo único que nos hace un poco decorosos es la envidia. En Madrid, por ejemplo, se envidia con pasión, y por eso la vida es más entretenida. Hay allá mucho advenedizo, recién llegado que va en busca de gangas; la vida es más insegura y la lucha por la existencia más fuerte. Yo no recuerdo qué filósofo moderno dice que si el furor de quererse los unos a los otros se generalizara, la humanidad se sentiría tan ridícula y tan odiosa, que los hombres recordarían con entusiasmo la época en que el egoísmo y la envidia reinaban en el mundo [41]. Pues el reinado de esa época lo tiene usted en Madrid, en donde la gente, sobre todo la burguesía, se odia de la manera más cordial posible. El mejor día vendrá un telegrama diciendo que en Madrid se ha desarrollado el canibalismo y que todo el mundo se muerde en la calle con furor.

---

[41] El filósofo aludido en Nietzsche; la argumentación de Arcelu se apoya en el rechazo del autor de *Zaratustra* de la moral basada en los sentimientos de piedad y compasión.

—Es una exageración de usted; no creo que en Madrid se envidien más que en los otros pueblos.

—A mí me da esa impresión la vida madrileña.

—Eso será porque es más activa que aquí.

—No crea usted, esta gente no es tan perezosa como aparenta, no. Un andaluz mismo le dirá a usted: «Nosotros somos un poco vagos, con mucha imaginación, con una despreocupación grande de la vida.» No les haga usted caso; es mentira. Es gente que trabaja, se mueve, economiza y que además no tiene ninguna imaginación.

—¿Cree usted que no?

—Ninguna. Aquí hay ese lugar común de que los andaluces tienen mucha imaginación, porque la heredaron de los árabes. Es absurdo. Está demostrado que los árabes forman la raza menos imaginativa del orbe. No hay cuento de *Las mil y una noches* que no esté tomado de alguna parte ni frase del *Corán* que no sea una mala traducción de otra. Empecé a leer este libro traducido al inglés, y es la cosa más pesada y fastidiosa que puede usted imaginarse.

—De manera que, según usted, los españoles tienen poca imaginación.

—Todos los meridionales. Otro antropólogo, émulo de Iturrioz, ha encontrado, según dice, la verdadera clasificación de los hombres. Según él, no hay más que dos castas en Europa: los alpinos, que proceden del gorila, y los mediterráneos, del chimpancé.

—¿De manera que han desaparecido los iberos y los semitas y han aparecido en el escenario los gorilas y los chimpancés que estaban entre bastidores?

—¿Tampoco le parece a usted bien la clasificación? —me pregunta Arcelu—. Pues diga usted que es usted imposible de contentar.

—No, si me parece muy bien. Ahora que una no sabe por qué decidirse.

—Usted es gorila, no hay duda.

—¿Y usted?

—Yo, chimpancé, con algunas gotas de sangre de

gorila. En España el gorilismo está de baja. Parece que hay en Santander, en Asturias y en Cataluña algunas manchas de gorilas, de hombres mongoloides, pero son pequeñas.

—¿Y qué caracteres tienen los unos y los otros?

—El gorila sublime es idealista; el chimpancé es siempre realista y de una fisiología complicada. Claro que es una arbitrariedad, se puede decir que los meridionales, es decir, los chimpancés, tenemos más fisiología.

—No es esa la idea general.

—No, claro; pero la idea general a mí no me parece la exacta. ¿Usted no ha leído los versos de los poetas árabes y de los trovadores provenzales?

—No.

—Es la cosa más aburrida que se puede imaginar. Yo escribí un artículo en mi periódico diciendo que era lo más bello que se había escrito.

—¿Para llevarse la contraria?

—Es lo que había de gustar a mis lectores. Además, tiene uno sus lugares comunes hechos, y es más fácil repetirlos que no ir a calentarse los cascos para extraer una idea del cerebro y expresarla con exactitud. El Mediodía espiritualmente es eso, una cosa hueca, gesticulante, exaltada por fuera y fría por dentro; algo como el palacio de San Telmo [42]; forma y falta de imaginación.

—¿Pero no habrá muchas clases de imaginación?

—Sí, con seguridad; hay una imaginación intelectual y sentimental que es la de los gorilas sublimes a lo Dickens, y hay la imaginación verbal que es la de los chimpancés excelsos a lo Lucano [43] y a lo Góngora; la frase, el adjetivo...

—Pero eso indica ingenio.

—Ah, claro; un ingenio especial. Ahora, en el pue-

---

[42] Se trata del sevillano palacio de San Telmo, una de las joyas de la arquitectura barroca andaluza.

[43] Marco Anneo Lucano (39-65), escritor latino nacido en Hispania y autor del poema épico *La Farsalia*.

blo, este ingenio es un ingenio heredado, del acervo común, como decimos los periodistas. Todos estos chistes que oye usted aquí son obra que pasa de generación en generación. Es probable que Trajano, que era de Itálica, es decir, nieto de chimpancés, ya dijera las mismas gracias que se oyen por Sevilla. Max Müller[44] ha seguido la fábula de la lechera desde Lafontaine hasta los fabulistas indios y la ha encontrado catorce o quince veces. Si se buscara el origen de estos chistes andaluces se los encontraría en el país antes de Jesucristo.

—Se ve que usted también es muy chimpancé. No le cuesta a usted nada exagerar.

—Ah, claro... Luego, fíjese usted en que todos estos chistes andaluces son completamente mecánicos. Yo empecé en Londres una clasificación de los chistes andaluces y luego ideé un sistema para hacerlos. Si encuentro la clasificación se la enseñaré a usted. El sistema era un poco complicado; yo le llamaba el *fraseógeno* Arcelu. Hablé con algunos amigos españoles para lanzarlo a la industria, pero como era gente completamente chimpancé, comprendieron que con mi sistema se perdería dinero.

—¿Una desilusión más?

—Tiene usted razón; una desilusión más.

—Bueno, ahora se me ocurre una duda. ¿Cómo relaciona usted la falta de imaginación que usted atribuye a los árabes con la Alhambra que se considera como una de las cosas más fantásticas del mundo?

—Porque es un error. La Alhambra es la representación completa de la fisiología del chimpancé. Esta sala para bañarse, la otra para secarse, la de más allá para rascarse y tomar el sol. ¿Imaginación? Ninguna.

—¿Y la Giralda? ¿Tampoco le parece a usted bien?

—En el fondo, tampoco. Es una torre hermosa, claro;

[44] Folclorista alemán (1823-1900), especialista en Mitología comparada, materia de la que fue catedrático en la Universidad de Oxford.

pero como obra de arte, no dice nada. Es el resultado del materialismo exagerado de los chimpancés.

—Lo que no comprendo es como hoy atribuye usted a los chimpancés meridionales tanto materialismo y otras veces les reprocha usted impotencia para las cosas prácticas, materiales.

—¿Le parece a usted una contradicción?

—Sí.

—Pues yo creo que una contradicción puede existir en la realidad. Hay mil combinaciones y eventualidades en los hechos que no tienen representación en el lenguaje, es decir, que no tienen medida humana. Nuestras ideas son como naciones con las fronteras mal deslindadas, que además no tienen una equivalencia exacta con las cosas. En medio de esta tierra que nos parece del materialismo, encontramos este macizo idealista. Es absurdo quizá, pero es verdad. Todo está sembrado de contradicciones. Así el chimpancé español es contradictorio. Poco práctico en lo material, es exageradamente práctico en su vida; muy sanchopancesco en lo individual, es muy quijotesco en lo colectivo, quizá porque considera lejano lo colectivo.

—Está usted muy alambicado, amigo Arcelu —le digo yo.

—Creo que le estoy aburriendo con mis pedanterías.

—No, no. Nada de eso.

Y Arcelu sigue hablando sin parar, en una elucubración continua.

XVII

CONCHA LA COQUINERA

Mi marido se pasa la vida ahora en su taller. Ha alquilado una casa con un granero muy grande en una callejuela próxima a la Alameda de Hércules.

Como lleva muchachas allí, y algunas le sirven de modelo, desnudas, yo no me atrevo a ir.

Hasta hace poco ha estado pintando una familia de gitanos del barrio de Triana. Arcelu dice que a ese cuadro Juan le debe llamar el espíritu de la golosina [45], porque todos los retratados están muy éticos [46].

Ahora, últimamente, ha llegado a un teatrillo, donde hay también cinematógrafo, una bailarina, Concha la Coquinera, y mi marido anda tras ella para hacerla su retrato.

La Coquinera parece que es muy castiza bailando, y representa una reacción de los bailes tradicionales contra el modernismo que ha invadido los tablados.

Otro pintor de aquí quiere también retratar a la Coquinera, y entre Juan y él se ha establecido una competencia de agasajos a la bailarina: cenas, paseos en automóvil, almuerzos en la Venta Eritaña...

No sabemos quién de los dos vencerá; parece que

---

[45] Expresión andaluza para referirse a una persona muy delgada.
[46] Lógicamente con el sentido de «flaco», «débil».

Juan es más espléndido y más activo; pero el otro es mejor pintor...

Esta tarde, como tenía curiosidad, he ido con Graciosa y con la niña al cinematógrafo, donde baila la Coquinera.

Es una mujer de ojos verdosos, pelo negro, torso fuerte, los hombros anchos, los brazos grandes, la piel bronceada.

Al principio da la impresión de una bailarina vulgar, pero luego se transforma; pega patadas que parece que van a hundir el tablado; la mirada le brilla que da miedo; el labio se le contrae con una expresión de desdén; muestra los dientes blancos y fuertes, y con los zarandeos de su cuerpo las horquillas se le caen. Como una bestia furiosa se retuerce, encendiendo los deseos de los hombres, que la aplauden y gritan.

Por la noche, en el comedor, le he dicho a Arcelu que he visto a la célebre bailarina, Concha la Coquinera.

—¿Se llama la Coquinera? —me ha preguntado Arcelu.

—Sí.

—Pues debe ser del Puerto de Santa María.

—¿Por qué lo supone usted?

—Porque en el Puerto se cogen unos moluscos que se llaman coquinas, y a la gente de allí nos llaman los coquineros.

Arcelu ha dicho que tiene que ir a ver a Concha, y, efectivamente, después de cenar ha ido y ha hablado con la bailarina.

Por la mañana me ha contado la conversación que tuvo con ella.

Concha la Coquinera es hija de una familia pobre que vivía cerca de la Prioral del Puerto. Parece que se casó con un truhán, a quien Arcelu califica de *pimpi*[47]; y este *pimpi,* pensando en vivir de su mujer, la llevó a bailar a los cafés cantantes. El *pimpi* estaba tan satisfecho, cre-

[47] Coloquialismo en desuso con el significado de «tonto presumido».

yendo que ya había encontrado su filón, cuando la Coquinera, dejando al marido, se fue con un señorito de Jerez, y al poco tiempo apareció de estrella en un *music-hall* de Londres. La Coquinera ha hablado con gran respeto con Arcelu, a quien considera por su familia de posición en el Puerto de Santa María, y le ha dicho que se ríe de Juan y de su rival, el pintor.

Si lo llegara a saber mi marido, tendría por Arcelu un odio furioso.

Arcelu le ha preguntado a la Coquinera si no piensa ir al Puerto y le ha dicho que sí; que cuando concluya la contrata en Sevilla se va a Cádiz y de paso se quedará en el Puerto a ver a sus padres, que viven todavía.

Efectivamente, la Coquinera ha terminado aquí sus bailes, y coincidiendo con ello, me dice Juan por la noche en el comedor, haciéndose el indiferente, que debíamos ir al Puerto de Santa María.

—¿Para qué? —le digo yo.

—¿Tú no tienes gana de ir al Puerto? —pregunta a Arcelu.

—Estuve el año pasado a ver a mis hermanas.

—Es un pueblo bonito que vale la pena de verlo. Hay que ir unos días allá.

Juan ha resuelto que es conveniente que vayamos, que tanto Arcelu como yo tenemos grandes deseos de ir al Puerto, y se ha encargado de hacer los preparativos necesarios.

XVIII

PUERTO DE SANTA MARÍA

Era imposible que habiéndoselo propuesto Juan no hiciéramos el viaje. Hemos ido al Puerto. Arcelu nos ha contado en el tren una serie de historias íntimas de su casa; todo el proceso de la ruina de su familia ha aparecido ante nuestros ojos: una sucesión de intrigas, de odios, de pequeñas venganzas de gente incapaz y de gente hipócrita y hábil.

Lo curioso es que Arcelu cuenta todo esto como si fuera una cosa extraña a él, sin darle más valor que el pintoresco.

Al llegar, Arcelu quería que fuésemos a su casa, pero Juan ha decidido que nos quedemos en el hotel. Así tiene libertad de entrar y salir cuando se le antoje.

—No es cosa de molestar a tus hermanas —ha dicho Juan como pretexto.

Hemos ido a una fonda próxima a la ría, que se llama de Vista Alegre. Esta fonda debió ser de un italiano; yo lo supongo al ver las paredes llenas de litografías y de grabados con vistas de Italia; probablemente el dueño era algún lombardo o veneciano, porque hay un plano del reino lombardo-veneto hecho el año 1859.

Desde el balcón de mi cuarto se ve la entrada del Guadalete. En el barro del río hay un casco viejo de un barco que están componiendo; un poco más lejos, al lado de una barraca, se ven las costillas de otro barco sostenidas por puntales. Sobre el muelle de la Ribera, unos cuantos hombres y chicos hacen cuerda con cáñamo; los hombres marchan hacia atrás con una madeja de estopa en la cintura y los chicos dan vuelta, mientras tanto, a una manivela que retuerce la maroma. Cerca, a la izquierda, hay junto al río una antigua fuente, pintada de rojo, que se llama la Galera.

Vamos todos a visitar a las hermanas de Arcelu. Éste, al pasar por una calle, entra en un estanco y vuelve después con un sobre en la mano.

—Fíjese usted —me dice— cómo ponen los sellos a las cartas en mi pueblo, torcidos, en cualquier lado. En todo España sucede lo mismo. Esta carta va para Madrid, por eso la hecho[48]; si fuera para mi periódico no la enviaría así. Un inglés que recibiera una carta con el sello de este modo, creería que se le insultaba.

Llegamos a casa de Arcelu, una casa enorme con un gran jardín.

Hemos subido al piso principal, en donde saludamos a las dos hermanas de Arcelu. Estas dos solteronas son muy simpáticas y hablan con una suavidad y una dulzura grandes.

La mayor, con sus cincuenta años, tiene el pelo blanco y la cara sonrosada; la menor, Margarita, es una mujer de un tipo ideal. Les ha quedado en medio de su ruina esta casa grandísima, con un jardín espléndido.

Arcelu ha hablado con sus hermanas como si acabara de verlas. Es extraña la sequedad de esta gente; quizá nosotros, los rusos, somos excesivamente cariñosos y zalameros. Arcelu no tiene tampoco ningún sentimentalismo por los recuerdos de la época en que su familia estaba en una situación desahogada, parece que le son perfectamente indiferentes.

De casa de Arcelu hemos ido a comer, y luego hemos dado una vuelta por el pueblo, a contemplar estas calles

---

[48] *Sic,* por *echo;* en la 1.ª edición, *por eso la dejo.*

anchas, estas casas viejas, grandes, la Plaza de la Pescadería con el castillo de San Marcos, y otra con unos edificios bajos que se llama la Plaza del Polvorista. Luego, por los jardines del Vergel, hemos ido al Paseo de la Victoria, un paseo muy hermoso y muy triste.

Arcelu conoce a casi todos los que pasan, chicos y grandes.

—¡Hola, Pepe Ignacio! —le dicen.

—¡Hola, Maoliyo! ¡Ola[49], Chavito! —contesta él.

Al anochecer hemos vuelto a la fonda. Juan, Arcelu y otros, parece que están convidados a cenar en un rincón de por aquí.

Graciosa, la niña y yo, nos hemos quedado en casa. Antes de acostarme he estado un momento en el balcón. La noche estaba tibia, la marea alta, la ría brillaba bajo el cielo lleno de nubes plateadas iluminadas por la luna, las barcas se levantaban en la Ribera, y enfrente, en la otra orilla, sobre una lengua de tierra, se destacaba en el cielo el perfil de unos pinos.

---

[49] *Sic,* por *hola;* también en la 1.ª edición.

XIX

MORALIZAMOS DEMASIADO

La luz, al entrar en mi cuarto, me despierta; hace un día espléndido; el sol brilla en el río y lanza reflejos que ciegan.

Antes de almorzar se presenta Arcelu, con un amigo suyo, médico. Juan dice que va a ir a Cádiz.

—¿Qué hicieron ustedes ayer? —pregunto yo.

—Estuvimos en la taberna del Resbalón —contesta Juan.

—¿Algún sitio raro?

—Sí; figúrese usted —dice Arcelu— una especie de camarote pintado de amarillo, una mesa redonda, grande, en medio, y alrededor sillones de paja con el asiento inclinado, y de cuando en cuando unos gatos, que entraban por debajo de un tabique y se llevaban lo que podían.

—¿Y qué cenaron ustedes?

—Unos platos de pescado frito y un caldillo de perro.

—¿Pero cómo? ¿De perro?

—Un guiso que aquí llamamos así.

Nos sentamos a la mesa, y Juan convidó a comer al médico y a Arcelu; ninguno de los dos aceptó, y entonces Juan mandó traer una botella de Jerez.

—Usted beberá —le dijo Juan al médico.

—Sí —contestó el otro.

—Más le valía no beber. Aquí tiene usted este hombre —me indicó Arcelu—, que es un hombre de talento, que hubiera podido ser un buen médico, brillar y distinguirse; pues aquí le tiene usted hecho un alcohólico indecente.

—¡Ya empiezas a moralizar! —exclamó Juan con sorna—. Deja la moral para otra ocasión.

—Yo le agradezco lo que me dice Pepe Ignacio —agregó el médico—, porque me quiere y yo también le quiero a él.

—No se ponga usted sentimental —replicó Juan—, que vamos a creer que ya está usted borracho.

—No; pues no lo estoy todavía. Pero quería decir que me alcoholizo, porque soy un hombre inútil. He tenido varias apendicitis, una pleuresía supurada, y padezco una lesión cardiaca. Soy un organismo en ruinas.

—No haga usted caso —dijo Juan—; no hay pleuresías, ni enfermedades cardiacas, ni nada.

—¡Es lástima este hombre! —repuso Arcelu—, porque aquí donde le ve usted este borracho es una excelente persona, pero ya no tiene fuerza para vivir.

—Lo que no tiene fuerza es para beber —replicó Juan.

—Pues si la gente buena no tiene ganas de vivir —dije yo— y sólo los canallas saben imponerse, nos vamos a lucir.

—¡Pse!, ¿qué se le va a hacer? —exclamó el médico.

—El mundo es ansí; ¿no era este el lema que vio usted en Navaridas? —preguntó Arcelu.

—Sí, ése era.

—Protesto —dijo Juan—. Tenéis una tendencia moralizadora verdaderamente despreciable. Ayer me amargasteis la noche en la taberna del Resbalón, hoy queréis amargarme el almuerzo. El que se sienta pastor protestante que avise.

En esto ha entrado un marinero tostado por el sol y ha dicho dirigiéndose a Juan:

—Zeñorito, dentro de sinco menuto va a zalí el vapó[50].

Y Juan se ha levantado para marcharse.

[50] En la transcripción del habla popular andaluza Baroja mezcla seseo y ceceo, que no suelen producirse en un mismo sujeto.

XX

LA RUPTURA

Juan ha estado en Cádiz y el día siguiente por la mañana se ha marchado a Jerez. Ya no para un momento conmigo.

He encontrado una amiga en Margarita, la hermana de Arcelu. Es una mujer encantadora, tiene la vivacidad y la alegría de una muchacha.

La mayor, Carolina, es un poco más entonada. Se acostumbró a la época de riqueza de la casa y la echa de menos. Carolina tiene una voz agria, pero muy agradable. El otro día la oí cantar una romanza de una ópera antigua, *Lucrecia Borgia,* y me hizo una impresión muy melancólica.

Arcelu está cada día más amable conmigo, tiene una serie de atenciones delicadas que conmueven. Aparentemente no se ocupa apenas de mí, pero yo veo su mano en una porción de detalles.

Los tres hermanos son de una amabilidad y de una dulzura exquisita.

Arcelu, Margarita y yo solemos pasear juntos; entramos en los talleres donde se componen las velas; contemplamos cómo marchan las parejas a la pesca y cómo suben las barcas a encallarlas en el fango. Hemos visto también unas bodegas y probado el vino que el dueño sacaba con una caña del fondo de los toneles.

Algunas tardes solemos ir en coche a Puerto Real, un pueblo muy bonito y muy limpio con un pinar que llaman la Cantera y unos jardines muy cuidados.

Desde hace algún tiempo estoy violenta. Juan no disimula su preocupación por la bailarina y no tiene por mí las atenciones elementales que debía guardar a su mujer; además, un hombre me persigue. Es un hombre moreno, de barba negra, que se para a mirarme en la calle. Se ve que es un hombre sombrío [51].

No quiero decir nada a nadie para que no consideren como una ñoñería mis preocupaciones y temores.

Arcelu comprende mi situación con mi marido, pero no sabe esta persecución de que soy objeto.

—Tengo que marcharme a Tánger —me dijo hace tres días—. El periódico me manda allí. ¿Me permite usted darle un consejo?

—Sí. Ya lo creo.

—Vaya usted a vivir con mis hermanas. Estará usted mejor.

—No; es mucha molestia para ellas.

—Entonces, prométame usted una cosa.

—¿Qué?

—Que no tomará usted ninguna decisión sin consultarme.

—Bueno, se lo prometo.

—Y si me necesita, escríbame usted. Volveré en seguida.

—Está bien. Muchas gracias.

Margarita y yo hemos acompañado a Arcelu hasta la estación. Arcelu ha estado muy ocurrente.

—Estoy por no marcharme —ha dicho varias veces.

---

[51] Este personaje, cuya presencia no aparece justificada en la historia, es un recurso claramente folletinesco; su aparición parece explicable únicamente para que el lector le atribuya la autoría de los anónimos que acaban produciendo la ruptura del matrimonio de Sacha y Velasco.

—No, no; vale más que te vayas —le ha contestado Margarita.

Arcelu ha entrado en el tren, y desde la ventanilla ha comenzado a recitar un romance, la despedida al Puerto de no sé qué bandido.

> Puerto de Santa María,
> ya no te volveré a ver
> yo que tanto te quería.

Al echar a andar el tren nos ha saludado con la mano y ha estado durante algún tiempo asomado a la ventanilla mirándonos.

—Pepe Ignacio tiene por usted mucho entusiasmo —me ha dicho Margarita.

Desde que se ha marchado lo echo constantemente de menos. ¡El buen Arcelu era tan amable para mí!

Para no estar sola en el hotel me paso el día con Carolina y Margarita. Un criado viejo que tienen me acompaña por las noches. A esas horas suelo ver rondando mi hotel a ese hombre de aspecto violento que me sigue.

Hoy he recibido una carta anónima, que debe ser de ese hombre que me dice que Juan es el amante de Concha la Coquinera.

He enseñado el anónimo a Carolina y a Margarita, que se han mirado una a otra con una mirada de inteligencia. Me figuro que sabían no sólo lo que dice el anónimo, sino también quién lo ha escrito.

Las dos hermanas no me dejan ya sola un momento. Están conmigo llenas de solicitud.

Ayer noche, después de cenar, estábamos Margarita y yo hablando en el cuarto del hotel, cuando entró Juan, pálido, demudado, con la cara sombría. Al ver que estaba con Margarita hizo un esfuerzo sobre sí mismo y su fisonomía cambió. ¿Qué esperaba encontrar?

Margarita le preguntó:

—¿Tienes algo?

—Es que he reñido con uno —contestó.

—¿Por qué?

—Nada, por tonterías.

Cuando nos encontramos solos, Juan me dijo que debía dejar de tratar con Arcelu, porque en el pueblo se habla mucho de esta amistad. Me indignó y le repliqué irónicamente.

—¿Porque tú tienes una querida, yo no he de hablar con una persona que es pariente nuestro y que ha tenido una porción de atenciones conmigo? Es una exigencia demasiado estúpida, y no estoy dispuesta a tolerarla. Además, Arcelu hace muchos días que no está aquí.

Mi marido se exaltó, y ya como loco, dijo una porción de impertinencias y de necedades que no venían a cuento. La falsedad de su posición le hacía incomodarse en frío, y le hacía volcar su odio secreto contra Arcelu y su familia. En sus palabras había algo feo, que inspiraba repulsión.

Si se hubiera arrepentido, quizá hubiera perdonado tanta tontería y tanta miseria, pero no quiso reconocer su error; se marchó a la calle y yo me metí en mi cuarto.

Pasé muchas horas a oscuras delante del balcón viendo cómo brillaba la luna en las aguas de la ría.

Vi claramente, que me había engañado, que debía marcharme.

Estaba decidida; tenía el sentimiento de un pueblo que se levanta contra el tirano. A las seis llamé a Graciosa y le dije que nos íbamos a marchar, que había que preparar el equipaje.

Mi marido, al verme por el comedor del hotel se acercó.

—Tendrás que perdonarme las palabras de ayer —me dijo—; me enviaron un anónimo que me enfureció.

—Podías haber supuesto que lo que te decían era mentira —contesté yo—. Debías haber tenido la seguridad de que lo era.

—No reflexioné.

—Pues yo sí he reflexionado. A mí también me han

enviado un anónimo, con la diferencia de que, al leerlo, yo sabía que lo que me decían era verdad, y, sin embargo, nada dije.

—¡Si supiera quién es!

—¿Qué importa quién es? Es un miserable que decía la verdad cuando me escribía a mí, y que mentía cuando se dirigía a ti. Pero, miserable o no, es lo de menos. No podemos vivir así más tiempo. Separémonos.

—¿Hablas en serio, Sacha?

—Sí, hablo en serio. Eres un egoísta; no has tenido consideración ninguna conmigo. Yo no te he pedido nada, y tú me has tratado con una brutalidad, con una crueldad que ya me ha sublevado. No quiero estar más aquí. Me voy.

—¿Es tu última palabra?

—Sí; es mi última palabra.

Juan ha entrado en su cuarto, y poco después se ha marchado de casa. No me atrevo a ir a ver a Carolina y a Margarita; querrían disuadirme, convencerme de que me quedase. Esta vida vegetativa, para mí sería imposible. Además, esa mirada negra del hombre que me persigue, me espanta.

He escrito una larga carta a las dos hermanas, despidiéndome de ellas, y me voy...

XXI

TODO ES IGUAL

En mi afán por huir, he cruzado toda España, he llegado a París, donde he descansado en el hotel unos días y he tomado el expréss para Berlín. Me parecía que bastaba con acercarme a Rusia para que mis tristezas desaparecieran. Nunca una deja de engañarse. Al cruzar por estas llanuras alemanas, míseras, próximas al mar, envueltas en una niebla melancólica, me ha asaltado la sospecha de que podía estar engañada por un nuevo espejismo.

Desde la frontera alemana a Varsovia hacía mucho frío; cerca de Minsk ha comenzado a nevar y así hemos llegado a Moscou; dentro del vagón, con una temperatura de veinte grados; fuera, cayendo la nieve en enormes copos [52].

Mi estancia en Moscou ha sido para mí un terrible desencanto.

¿Cómo ha podido cambiar en tan poco tiempo el ambiente de esta ciudad? Ya aquí nadie se preocupa de lo que nosotros nos preocupábamos; ya nadie habla

---

[52] Las referencias implícitas al tiempo de la historia nos permiten deducir que el matrimonio de Sacha ha durado muy pocos meses: pasa la Navidad en Sevilla y antes de terminar el invierno vuelve a Rusia, de donde saldrá para Ginebra, según se indica en el epílogo, al principio del verano.

entre la gente joven de vivir para los demás, de sacrificarse por el pueblo.

Los estudiantes se ríen del antiguo idealismo.

He ido a ver un profesor, entusiasta de nuestra época.

—Aquello se paró —me ha dicho—. Nosotros soñábamos con la revolución, dispuestos a sacrificar nuestras vidas; con una revolución espiritual y moral que transformara y perfeccionara la sociedad. Estos jóvenes no sueñan con nada. Quieren vivir, aprovechar la vida, y todo el mundo se lanza a los placeres con una brutalidad horrorosa. Hay sociedades para fomentar la borrachera y la voluptuosidad. Ya los estudiantes no leen a Dostoievski, ni a Tolstoi, ni a los escritores socialistas; en las Universidades las obras eróticas son las únicas que privan.

—Pero, ¿es posible?

—Es la pura verdad. Los rusos estamos entre dos corrientes, la que va a Oriente y la que va a Occidente. El ruso de hoy parece que se ha decidido a ser oriental.

Le he preguntado a este profesor por algunos amigos y conocidos. Unos fueron llevados a la Siberia, otros se suicidaron, la mayoría han desaparecido; algunos, muy pocos, los astutos y los intrigantes, han progresado y se han acercado al poder. Los débiles, los idealistas, han perecido. ¡El mundo es ansí! Con mucha frecuencia me acuerdo de aquel escudo del pueblo y de su concisa leyenda.

La vida es esto; crueldad, ingratitud, inconsciencia, desdén de la fuerza por la debilidad, y así son los hombres y las mujeres, y así somos todos.

Sí; todo es violencia, todo es crueldad en la vida. ¿Y qué hacer? No se puede abstenerse de vivir, no se puede parar, hay que seguir marchando hasta el final.

EPÍLOGO [53]

Al principio del verano, Sacha, cansada de la vida de Moscou, escribió a Vera y se presentó en Ginebra.

Vera y Leskoff salieron a recibirla. La llevaron a su casa, un hotel en el campo muy bien arreglado; Vera estaba contenta, tenía un niño muy hermoso y no se ocupaba más que de sus quehaceres.

Sacha la encontró muy hacendosa, muy burguesa, demasiado preocupada de las cosas prácticas. Sacha experimentó alguna decepción al verla tan cambiada.

Como ni Moscou ni Ginebra le daban lo que esperaba, escribió a España, a Margarita Arcelu, diciéndole que le perdonara su rápida fuga. Se había marchado de allí herida, ofendida, sin querer ver ni hablar a nadie.

Margarita le contestó a vuelta de correo. Su marcha les había producido una gran tristeza a las dos hermanas, pero no la olvidaban, hablaban de ella constantemente. José Ignacio, al volver de Tánger y saber que Sacha se había marchado del Puerto, sin decir a donde, experimentó un gran aplanamiento y estuvo varios días sin hablar.

Una semana después, pidió al periódico inglés donde escribía que le enviaran a la China para hacer una infor-

[53] El narrador vuelve a tomar la palabra continuando —se supone— las informaciones de la madama suiza.

mación acerca de la revolución en el Celeste Imperio [54], y del periódico le contestaron diciéndole que saliera en seguida.

Hacía ya más de dos meses que no tenían noticias suyas.

Al leer esta carta Sacha, se encerró en su cuarto y estuvo llorando. Ella también, al hombre que le quería humildemente, desinteresadamente, le había tratado con indiferencia y con desdén.

Y el lema del escudo de Navaridas le vino otra vez a la imaginación: «El mundo es ansí.»

---

[54] La revolución china que culminó con el derrocamiento del emperador y la proclamación de la República en noviembre de 1912.